Mo Siegel – Franka
Im Spiegel der Vergangenheit

Autorin

Mo Siegel ist das Pseudonym der Krimiautorin Symone Hengy.
Ihre Thriller um den charismatischen Profiler Alexander Buschbeck „Ekstase" und „Explosion" haben bereits eine begeisterte Leserschaft gefunden.
Unter ihrem Pseudonym Mo Siegel veröffentlicht sie ausschließlich Werke anderer Genres.
Die Autorin arbeitete als Ingenieurin, leitende Angestellte im öffentlichen Dienst, als Steuerfachangestellte, Bibliothekarin, Webdesignerin und Versicherungsfachfrau, bevor sie sich ganz dem Schreiben zuwandte. Sie ist verheiratet und lebt mit ihrem Ehemann in Sachsen.

Bibliografische Information der Deutschen
Nationalbibliothek:
Die Deutsche Nationalbibliothek verzeichnet diese
Publikation in der Deutschen Nationalbibliografie;
detaillierte bibliografische Daten sind im Internet über
http://dnb.dnb.de abrufbar.
Neuauflage
© 2015 Mo Siegel
www.symonehengy.de
Covergestaltung: Juliane Schneeweiss
www.juliane-schneeweiss.de
Bildmaterial: © depositphotos.com
Herstellung und Verlag: BoD - Books on Demand
ISBN: 978-3-7347-6504-9

Mo Siegel

Franka

Im Spiegel der Vergangenheit

1. Kapitel

Das dumpfe Echo leichtfüßiger Schritte durchschneidet das Dunkel der Nacht. Plötzlich Stille.

Braune Augen, die das Licht einer fernen Straßenlaterne widerspiegeln, leuchten gespenstisch auf.

Angestrengt spähen sie in die Finsternis dieser lauen Spätsommernacht, deren einzigartiger Duft die Luft erfüllt. Süß und schwer vernebelt er die Sinne. Seine leicht modrige Note verdankt er dem alles zersetzenden Atem des Herbstes, der sich mit seiner feuchten Zungenspitze behutsam vorwärts tastet, dämonisch, um dann - den richtigen Zeitpunkt abwartend - jedes Fünkchen Leben, das die Allmutter unter immer größeren Anstrengungen geboren hat, gierig leckend und schleckend in sich einzusaugen. So lange, bis sie sich, gleich einer Geschundenen und Getretenen, nicht mehr müht, nicht mehr aufbäumt, nicht mehr regt.

Kneipengeruch vermischt sich mit den Ausdünstungen der Erde. Der abflauende Wind trägt ihn, zusammen mit Fetzen gegrölter Lieder, aus dem angrenzenden Stadtviertel über Drahtzäune und verwilderte

Wiesen, hin zu den Resten der alten Stadtmauer herüber. Ein lebendiger Geruch, begleitet von schleichendem Verfall.

Nasenflügel beben.

Die Trümmerlandschaft rund um die Stadtmauer wirkt in der Dunkelheit unwirklich, wie die Kulisse für einen Monumentalfilm. So als würden gleich die Scheinwerfer angehen, um suchend an der Mauer entlang zu streifen und den Ort der Handlung in Szene zu setzen.

Aber hier wird kein Film gedreht: Hier spielt das Leben!

Eine fixe Idee führt Regie. Eine Idee, die wie ein Vogel fröhlich zwitschernd davon geflattert war, nachdem sie einen Moment zu lang im Dunst des verwirrten Geistes verweilt hatte.

Wie oft hatte der Herbst seitdem die Natur im Würgegriff gehabt? Und wie viele Male erwachte sie nach langem Schlaf doch wieder zu neuem Leben?

An der Stelle jener fixen Idee steht heute ein Fels aus Granit. Tonnenschwer belastet er die Seele.

Ein Herz klopft bis zum Hals. Es hämmert und dröhnt in den Schläfen.

Nein – bloß keine Scheinwerfer! Zuschauer? Unerwünscht!

Augen streifen stattdessen suchend an der Mauer entlang, bis sich immer deutlicher die

Silhouette eines Menschen vom Hintergrund abhebt.

Das Aufatmen ist kurz und flach. Füße gehen wie von selbst. Mit jedem Schritt werden Einzelheiten sichtbarer, gewinnt das Bild an Höhe und Tiefe, lässt sich der Mensch als Mann erkennen. Bis vor wenigen Sekunden hatte er noch selig geschlafen, aber diese leisen, behutsamen Bewegungen dicht vor ihm ließen ihn jäh aufschrecken.

„Wer ist da?", fragt er, und wagt kaum, sich zu bewegen. „Sag doch was! Johnny? Bist du das?"

Verschlafen reibt er sich die Augen und späht in das Dunkel.

„Das ist wirklich nicht witzig, Johnny!"

Brummend will er sich nun doch erheben, hält aber erschrocken in seiner Bewegung inne, als die Gestalt blitzschnell auf ihn zuspringt. Angstvoll weiten sich die schwarzen Pupillen. Er sieht den Schatten auf sich niedersinken und es verschlägt ihm den Atem. Für einen Moment steht alles still, dann trifft ihn ein harter Schlag wie aus dem Nichts.

„Was zum Teufel ...", stöhnt er, als seine Hand das faustgroße Loch im Kopf ertastet, aus dem warmes Blut sickert. Und bevor er so richtig realisieren kann, was eigentlich mit ihm geschieht, sackt er taumelnd in sich zusammen.

Er will sprechen. Er ringt! Seine Lippen jedoch bewegen sich nicht. Und sein Wille kämpft gegen diese Lippen, die schwer wie Blei in seinem Gesicht hängen. Weit aufgerissene Augen fragen, ja, sie schreien stumm vor Entsetzen. Auf Stirn und Lippen glitzert perlend seine aufwallende Angst.

Und während sich alle seine Sinne und Fähigkeiten wie gute Gäste nach der Party seines Lebens nach und nach verabschieden, bleibt er allein in der Trostlosigkeit einer leeren Hülle zurück.

Der Letzte macht das Licht aus – das Filmset verdunkelt sich ... wie makaber!

Noch einmal versucht er erfolglos, seinem Munde ein Wort zu entlocken.

Tränen der Verzweiflung steigen ihm in die Augen, tauchen die Welt in Unwirklichkeit. Er will sich gerade seiner Ohnmacht hingeben, als der Körper von einem gewaltigen Energiestrom durchflutet wird. Seine Gliedmaßen zucken in wilder Besessenheit, verrenken und krümmen sich. Und plötzlich hallt ein ungesagtes „Warum?" düster durch die Nacht.

Erschöpft schließt er seine Augen und lässt sich treiben. Die Zeit des Kämpfens ist vorbei. Kinderlachen, „Hoppe, hoppe Reiter ...", „Ein schönes Paar ...", „Es ist ein Junge!", „Das kann ich nicht länger tolerieren - ich will die Scheidung!", „Tanz Mäuschen, tanz die ganze Nacht ...", „Das Leben ist so wunderschön" ziehen als Melodie an ihm vorüber. Er lächelt.

Aus der Ferne dringt eine unbekannte Stimme an sein Ohr, die merkwürdig hohl klingt. Gerade so, als befände er sich auf seinem Weg durch die Zeit in einem Tunnel. Und obgleich er schmerzhaft deutlich fühlt, wie der Tod sich seines Körpers bemächtigt, wie seine Sinne schwinden, hört er dennoch diese Stimme. Es ist die Stimme einer Frau, die verhalten zu ihm spricht, bevor die unendliche Dunkelheit ihn eingeholt hat.

2. Kapitel

Die Strahlen der Mittagssonne kitzeln ihr Gesicht.

Vom Streicheln des Sonnenlichtes betört, zucken die lang ausgestreckten Glieder, als verlangten sie danach, endlich ein Teil des seit Stunden pulsierenden Lebens zu werden.

Franka selbst will weiter schlafen.

Mit zusammengekniffenen Augen versucht sie, die Gelassenheit der letzten Stunden, das Glück der Träumenden wiederzufinden, weil dem wirklichen Leben kein Lächeln zu entlocken ist.

Doch die inneren Motoren dröhnen schon, und auf ihrem Bauch sitzt der helle Tag und lässt sich nicht mehr abschütteln.

Seine Boten pressen sich in ihrer ganzen Vielfalt durch das geöffnete Fenster, nehmen Besitz von jedem Kubikmeter des Raumes und kriechen zuletzt auch in Frankas müden Kopf. Sie liebkosen ihre Sinne und saugen jeden Gedanken, der ein Quäntchen Schwermut in sich birgt, aus ihr heraus.

Leicht wie eine Feder springt sie aus ihrem Bett.

„Guten Morgen, Liebes", tönt sie heiter. „Hast du auch so wunderbar geschlafen?"

Die Freude gefriert beim Anblick eines aschfahlen Gesichtes. Aus umschatteten Augen blickt ihr eine fragende, flehende Angst entgegen. Zaudernd erinnert sich Franka an die Ereignisse der letzten Nacht.

Es war *seine* provokante Art gewesen, die ihre Überreaktion heraufbeschworen hatte, *seine* Unerbittlichkeit - dessen war sie sich schlagartig sicher.

„Er hätte uns eben nicht herausfordern dürfen", seufzt sie leise.

Mit einer fließenden Bewegung streift sie sich das Nachthemd über den Kopf und lässt es zu Boden fallen. Zärtliche Blicke gleiten wohlwollend über ihren Körper. Ohne ein weiteres Wort zu verlieren, wendet sie sich ab und geht ins Badezimmer, wo sie sich, eingehüllt in den heißen Dampf, den weißen Schaum und auch die Schatten der Nacht von ihrem Leib spült.

3. Kapitel

Der scharfe Geruch von Desinfektionsmittel umgibt den auffallend hageren Mann im Gummianzug, der die Fußgängerzone im Zentrum der Stadt abspritzt.

Der lange Schlauch hängt an einem dröhnenden Wasserwagen, aus dem das Wasser beinahe kochend herausgepumpt wird.

Die Straßenpflaster dampfen. Schon nach wenigen Minuten kann der Mann den beißenden Geruch nicht mehr ertragen und greift nach der Atemmaske, die er sich vor Arbeitsbeginn um den Hals gehängt hatte.

Routiniert spritzt er die Straße Stück für Stück ab und hält den harten Strahl zielsicher auf die derb verschmutzten Stellen. Und wie immer ärgert er sich. Denn obwohl die Stadtverwaltung bereits überall Hundeklosetts aufgestellt hat, verunreinigen die Lieblingsvierbeiner der Deutschen die öffentlichen Wege und Plätze auf das Ekelhafteste. Es ist eine riesige Sauerei, wenn er mit der Kehrmaschine in einen Haufen fährt.

Aber auch die vielen Penner in der Stadt hinterlassen ihre Spuren. Nicht nur, dass sie ihre Brennoli-Flaschen verschütten; sie verrichten auch ihre Notdurft gerade dort, wo sie herumliegen.

Angewidert verzieht er sein Gesicht und spritzt sich Zentimeter für Zentimeter voran. Eine Frauenstimme quiekt. Verstört hebt er den Kopf und stellt das Wasser ab. Eine ältere Dame, von oben bis unten in Pink gekleidet, schaut sich auf die bespritzten Schuhe und lacht flötend.

„Oh, entschuldigen Sie bitte vielmals", sagt der Mann erschrocken und zieht sich die Maske vom Gesicht. „Ich habe nicht aufgepasst."

„Aber das macht doch nichts", zwitschert Inge Pulleck weiter und schlägt die Augen nieder. „Ich hätte ja selbst aufpassen können""

„Nein, es ist meine Schuld", wehrt der Mann ab. „Ich werde natürlich für jeden Schaden aufkommen."

„Ist ja nichts passiert, junger Mann! Nichts passiert!" beruhigt ihn die 52-Jährige und betrachtet wohlwollend den Mann vor sich, der nicht wesentlich jünger sein dürfte als sie selbst. Sein verlebtes Gesicht und die eng stehenden Augen verleihen ihm ein leicht barbarisches Aussehen, das seiner beinahe pingeligen Gewissenhaftigkeit einen reizvollen Kontrast bietet.

Die kummergepolsterten Hüften der Lady in Pink wiegen sich ihm verlangend entgegen.

Ihr Witwendasein ist trostlos und entbehrungsreich.

„Darf ich Sie vielleicht für heute Abend zum Essen zu mir nach Hause einladen?" fragt sie entschlossen mit einem kleinen Augenaufschlag.

Der Mann schaut erstaunt in ihr volles, ältliches Gesicht. Er ist so überrascht von dem Angebot dieser augenscheinlich gut situierten Fregatte, dass er zuerst kein Wort hervorbringen kann. Eine Reaktion, die Inge Pullecks Selbstwertgefühl augenblicklich schmeichelt.

Sie lacht majestätisch auf, greift in ihre Handtasche und zieht eine Visitenkarte hervor.

„Um acht Uhr bei mir. Ich werde auf Sie warten", sagte sie zum verdatterten Straßenreiniger und schaut ihm vielversprechend direkt in die Augen, bevor sie sich mit wiegenden Hüften langsam entfernt.

Sie hört nur noch, wie der Motor des Wasserwagens wieder anspringt und lächelt versonnen in sich hinein. Ach, wäre es doch schon Abend ...

Der Duft von frischem Kaffee beherrscht den Moment. Franka sitzt verträumt am Küchentisch und schaut in die dunklen Augen ihres Gegenübers.

Behaglich räkeln sich ihre Sinne in einem Gefühl innerer Ruhe und Verbundenheit, während sich ihre Augen unermüdlich auf der Oberfläche des geliebten Gesichts vorwärts tasten. Der Anblick des kauenden Mundes erweckt ihre besondere Aufmerksamkeit.

Die knappen Intervalle zwischen den Bissbewegungen kurz vor dem Schlucken verändern das Gesicht auf groteske Art und Weise. Weiche Linien enden in einem faltigen Zickzack und unter verkniffenen Lippen hackt unermüdlich ein spitzes Kinn.

Franka lacht laut auf, und das Gegenüber stimmt in das Gelächter ein. Ein zwanghafter Reflex, der den beiden die Tränen ins Gesicht treibt.

Kopfschüttelnd und nach Luft schnappend erhebt sich die junge Frau, um nach einem Taschentuch zu suchen, worauf sich ihr Gegenüber ebenfalls vom Tisch entfernt. Und als sie sich wieder setzt, schauen auch die Augen ihres Gegenübers hinter einem Taschentuch hervor.

Wieder lacht Franka. Sie lacht schallend und ihre Schultern hüpfen. Sie lacht, bis die Tränen haltlos über ihre zarten Wangen rollen. Sie lacht über ihr eigenes Spiegelbild auf der gegenüberliegenden Wand.

„Du bist mir vielleicht eine", sagt sie amüsiert und hustet bellend. Es dauert etliche Minuten, bis sie sich beruhigt hat.

„Eine Zeitung! Jetzt brauche ich eine Zeitung!"
Barfüßig flitzt sie an die Wohnungstür und horcht mit angehaltenem Atem in die Stille des Treppenhauses hinein. Die beklemmende Wirkung, die seine hallende, muffig riechende Leere von je her auf sie ausübt, lässt sich auch heute nicht abschütteln.

Mit weit ausholenden, platschenden Schritten eilt sie an einen der Briefkästen im Flur, während eine unklare Angst mit Leichenfingern ihre Kehle umspannt.

Wieder zurück am Frühstückstisch, atmet sie erst einmal tief durch. Dann faltet sie die Zeitung auseinander. Sie nimmt einen Schluck aus der Kaffeetasse und liest:

„*WIEDER EIN OBDACHLOSER ERSCHLAGEN AUFGEFUNDEN! Hilflosigkeit der Polizei nach dem vierten Mord. Ein leichtes Spiel für Serienmörder?*"

Übergroß prangen die Lettern der Schlagzeile des Tages von der ersten Seite. Franka schüttelt den Kopf.

„Wen interessiert das schon?" fragt sie leise. „Einer mehr oder weniger, wen juckt's?"

Langsam hebt sie den Blick und schaut höhnisch in den Spiegel:

„Kaltherzig? Ich?"

Eine heimliche Kränkung zeichnet undeutliche Kringel auf ihre Pupillen. Trotzig wirft sie den Kopf in den Nacken.

„Als ich vor Jahren erstmals einen Penner auf der Straße liegen sah, habe ich geweint. Wirklich! Ich hätte den armen Alten am liebsten mit nach Hause genommen, ihm ein Zuhause gegeben."

Sie lächelt versunken, bis ein energischer Handstreich jede aufkeimende Sentimentalität wegwischt.

„Als ich ihm half, wieder auf die Beine zu kommen, hat er mich von oben bis unten vollgekotzt. Er hat gekotzt und die Leute haben gelacht. Sie haben mich ausgelacht! Das war mir Lehre genug, glaub mir!"

Nachdenklich verstummt sie für einen Moment.

„Sie sind doch seltsam, die Menschen. Während der bloße Anblick eines Penners sie mit Abscheu erfüllt, vermag ein Schmierblatt mit seiner Schlagzeile ganz plötzlich ihre Sympathie zu wecken ...“

4. Kapitel

„Haben Sie heute schon einen Blick in die Zeitung geworfen, verehrter Herr Hauptkommissar?"

Ohne einen Gruß stürmt Kriminalrat Krüger in das Büro und baut sich drohend mit der Zeitung in der Hand vor dem Schreibtisch des Kriminalbeamten Jochen Schnabel auf.

„Haben Sie, Herr Hauptkommissar? Haben Sie?"

Schnabel starrt auf die Schlagzeile, die ihm unter die Nase gehalten wird.

„Hilflosigkeit der Polizei nach dem vierten Mord ... Ja, was glauben Sie eigentlich, wofür Sie bezahlt werden!"

„Wir arbeiten fieberhaft an der Aufklärung dieser furchtbaren Verbrechen", erwidert Schnabel stotternd. Und mit einer knappen Geste zeigt er auf den dritten Mann im Raum: Kommissar Torsten Jensen.

„Schweigen Sie", zischt Krüger, verzieht seinen Mund und lässt seinem Sarkasmus freien Lauf: „Während Sie hier herum sitzen und, wie Sie sagen, fieberhaft ermitteln, konnte der Serienkiller erneut zuschlagen. Wie nennen Sie das, Herr Hauptkommissar?"

„Pech vielleicht?" antwortet Schnabel zaghaft.

„Pech?" brüllt Kriminalrat Krüger ungehalten. „Pech nennen Sie das?" Seine Stimme überschlägt sich, trotzdem brüllt er weiter: „Die Presse sitzt mir im Nacken, mein Telefon steht heute keine Minute still, der Polizeipräsident macht mir die Hölle heiß, und Sie sagen: *Pech* ...?"

Vollkommen entnervt starrt Krüger über seine Brillengläser hinweg. „Wissen Sie, was Pech ist, Herrrr Hauuuuuuptkommissaaaar?"

Ein gemeines Lächeln umspielt seinen Mund: „Pech ist, wenn Sie mir nicht innerhalb von zwei Tagen mit greifbaren Ergebnissen aufwarten! Weil Sie dann nämlich bis zu Ihrer Pensionierung den Straßenverkehr regeln werden. Darauf gebe ich Ihnen mein Wort!"

Noch bevor Schnabel etwas erwidern kann, verlässt Krüger schnaufend das Büro. Mit einem lauten Scheppern fällt die Tür ins Schloss.

Der Kriminalbeamte schnappt nach Luft. Nach Mitleid heischend sieht er zu seinem Kollegen hinüber, der jedoch geschäftig in den Schubladen seines Schreibtisches herumwühlt. Wie ein Maulwurf gräbt er in den Akten und schiebt sie von einer Seite auf die andere.

Schnabel stutzt. Erstaunt und befremdet zugleich richtet er sich auf. Zuckt da etwa verhaltene Schadenfreude in den Mundwinkeln seines Kollegen?

Aufmerksam beobachtet er ihn. Das flache Atmen entgeht ihm dabei eben so wenig wie der wässrige Schleier auf den Augen dieses jungen Burschen.

Ohne Zweifel: Die eben stattgefundene Szene hatte ihn belustigt. Und das, obwohl er die Kritik über die dürftigen Ergebnisse einer dreimonatigen Ermittlungsarbeit auch auf seine Fahne schreiben müsste. Schließlich arbeiteten sie zusammen. Sie waren ein Team!

Was also, hatte dieses Benehmen zu bedeuten? Worüber freute sich dieser Idiot?

5. Kapitel

Der Obdachlose Johnny, eigentlich Johann Seliger, sitzt wie jeden Tag an der Ecke eines Juweliergeschäftes, seinem Stammplatz in der Fußgängerzone.

Das Leben auf der Straße hat sich der Sechzigjährige selbst ausgesucht, damals, vor zwanzig Jahren, als sein Handelsunternehmen den Bach hinunter gegangen war, und seine schöne junge Frau ihn daraufhin vor die Tür gesetzt hatte. Vor die Tür seines eigenen Hauses! Denn die vereinbarte Gütertrennung, von der er glaubte, dass sie vielleicht eines Tages eine Art Rettungsanker für ihn sein könnte, erwies sich plötzlich als Eigentor, das Vertrauen in die Liebe seiner Frau, als Trugschluss.

Alles was ihm blieb, waren ständig wachsende Schulden und sein nacktes Leben.

Damals entschied er sich, den Gläubigern das Geld schuldig zu bleiben, und das Wertvollste, was er noch besaß, in den Mittelpunkt seines Interesses zu stellen: sein eigenes Leben. Und auf dieser Grundlage entwickelte er nach und nach seine eigene Philosophie: die Philosophie der Straße.

Die Behauptung, dass die Menschen in Deutschland ignorant und geizig seien, deckt sich nicht mit den Erfahrungen, die Johnny im Laufe der Jahre sammeln konnte. Aber vielleicht war auch seine offensichtliche Zufriedenheit der Schlüssel zu den Herzen angeblicher Ignoranten, Geizhälse und Weggucker. Hatte er doch bisher auch keinen Grund gehabt, unzufrieden zu sein.

Frei wie ein Vogel flatterte er mal hier, mal da hin, und pfiff auf den vermeintlichen Luxus geordneter Verhältnisse.

Für das Wort Lebensqualität fand sich im Laufe der Jahre eine ganz andere Definition. Johnny genoss seine Unabhängigkeit und nahm sich die Freiheit, die Richtungen seiner Flatterlust aus dem Bauch heraus zu entscheiden, ohne dass sich der Kopf mit verdammt vernünftigen Argumenten einschaltete, um jedes Fünkchen Frohsinn im Keim zu ersticken.

Natürlich weiß Johnny, dass nicht alle Obdachlosen seine Lebensphilosophie teilen können. Besonders diejenigen nicht, die sich eines Tages unfreiwillig auf der Straße wiedergefunden hatten. Ebenso wenig diejenigen, die durch die groben Maschen des sozialen Sicherheitsnetzes dieser Gesellschaft durchrutschen konnten, weil ihre Persönlichkeit zu klein oder eine Lobby nicht vorhanden war. Für diese Menschen bedeutete der Ausschluss aus der Gesellschaft nicht selten auch den Ausschluss vom Leben. Sie existieren, im wahrsten Sinne des Wortes, nur noch am Rande. Sie fristen ihr Dasein auf der Straße mit übermäßigem Genuss von Alkohol und übertriebenem Selbstmitleid. Ungewaschen und mit strähnigen Haaren betrachten sie mit stumpfen Blicken die Passanten.

Und während Johnny mehr als einmal die Gelegenheit bekam, in die Mitte der Gesellschaft zurückzukehren, überlässt man jene ihrem Schicksal und ignoriert sie tatsächlich. Selbst Johnny macht einen großen Bogen um sie. Er umgibt sich doch viel lieber mit lebensfrohen Naturen, mit Menschen, die noch träumen und lachen können.

Doch an diesem Tag sitzt auch er wie ein Häufchen Elend auf seinem Stammplatz. Nicht einmal die glitzernden Steinchen im Schaufenster des Juweliers können seinen Augen heute Trost spenden.

Tränen eines ganzen Tages haben Spuren auf seinen verstaubten Wangen hinterlassen. Und auch jetzt bahnen sie sich wieder haltlos einen Weg über sein Gesicht.

Gerade läuft ihm eine Träne über die Nasenspitze seines leicht nach vorn gebeugten Kopfes. Sie tropft auf die Zeitung, die ausgebreitet auf seinen Knien liegt. Ein Vorübergehender war so freundlich gewesen, sie ihm zu überlassen.

Und da steht es: *„Obdachloser erschlagen aufgefunden!"* Und diesmal hatte es Kurti erwischt.

Kurt Ilgner: geschiedener Diplomingenieur, der es satt hatte, horrende Unterhaltszahlungen an seine Ex-Frau zu leisten und deshalb seit dreiundzwanzig Jahren ein Leben auf der Straße führte.

Johnny schnieft und wischt sich unbeholfen die Tränen aus dem Gesicht. Warum Kurti? Warum sein Freund?

Wie ein Film ziehen die gemeinsam verbrachten fünfzehn Jahre an ihm vorüber: Die feuchtfröhlichen Sommernächte in Deutschland und die alljährliche Flucht in den Süden, wenn sich im Herbst die Trostlosigkeit wie ein Ungeheuer vom Himmel niederließ, und die Straßen in einen Sumpf aus Dreck und Trübsinnigkeit verwandelte.

„Es ist nicht fair! Wer tut nur so etwas? Und warum?" Johnny murmelt diese Worte nur, aber schon wieder schüttelt ihn ein Weinkrampf. Sein Leben scheint am Ende zu sein.

Vorbeigehende Passanten sehen den weinenden alten Mann, sehen die Zeitung auf seinem Schoß, und verstehen ihn. Und sie geben heute mehr Geld als gewöhnlich. Mit leichtem Schulterklopfen und mitleidvollen Blicken wollen sie ihm zusätzlich Trost spenden. Aber Johnny bleibt untröstlich.

6. Kapitel

„Hi, Mom!" Die vollschlanke Frau, die gerade dabei gewesen ist, die Treppe zu wischen, schreckt hoch und weicht unwillkürlich einige Schritte zurück.

„Franka, Kind ...!" Ihre Hände pressen sich auf die Brust über dem Herzen. „Schön, dich zu sehen!" Während ihr Mund dabei liebenswürdig lächelt, blicken die braunen Augen ängstlich aus dem vor Anstrengung geröteten Gesicht.

Franka sieht es und spürt, wie sich ihr Herz zusammenkrampft.

„Mami ...", wimmert sie, „Mami!" Ihre Arme strecken sich verzweifelt nach der Mutter aus, die abermals ein Stück zurückweicht.

Jetzt laufen Tränen über das Gesicht des jungen Mädchens.

Ungläubig, ja, beinahe trotzig, legt es den Kopf auf die Seite und betrachtet die Frau vor sich durch einen wässerigen Schleier. Schon will es sich vor ihre Füße werfen, sich an ihre Beine klammern und den Kopf im Schoße dieser Frau vergraben, als es jäh in seiner Bewegung inne hält.

Aus dem Halbdunkel der Diele heraus starren eisblaue, hasserfüllte Augen auf Franka, deren Blicke sich trotz der Kälte zischend in ihr Fleisch brennt. Als sie die Umrisse der Person erkennt, streichen ihre Hände fröstelnd über die bloßen Schultern hinweg.

„Hi, Dad ...", sagt sie mit einem verkrampften Lächeln im tränennassen Gesicht. „Ich wollte nur mal ..."

„Verschwinde!" dröhnt es bellend, und ein alter, gramgebeugter Mann rollt in einem Rollstuhl schwerfällig ins Licht.

„Habe ich mich gestern nicht deutlich genug ausgedrückt? Ich will dich hier nie wieder sehen, auch deine Mutter nicht ..."

Franka hört ihn nicht mehr. Beim Anblick seiner kraftlosen Körperhülle verhärten sich ihre Züge. Verächtlich hebt sie das Kinn und sieht auf ihn herab.

Vor ihr sitzt ein Teufel, der das Tageslicht fürchten muss, weil es aus ihm eine jämmerliche Kreatur macht.

Das zornige Funkeln seiner Augen im tiefroten Gesicht wirkt im Hellen nur noch komisch. Genau so komisch, wie der unentwegt auf- und zuschnappende Mund, den sie belustigt beobachtet: Er verzieht, öffnet und schließt sich, der Speichel spritzt und die Zunge gebärdet sich wie ein außer Kontrolle geratener Wasserschlauch. Alte, zäh hängende Backen wackeln bei jedem Wort wie Götterspeise.

Der Anblick erheitert Franka so sehr, dass sie laut und fröhlich zu lachen beginnt. Amüsiert sieht sie von der Mutter zum Vater, als hoffe sie, ihre Eltern würden jeden Moment in das Gelächter einstimmen. Doch als sich das arglose Mädchen zu ihrem Vater herunterbeugt, holt dieser blitzartig aus und schlägt ihm mit dem Handrücken schallend ins Gesicht.

Die Mutter schwankt, als hätte sie selbst den Hieb erhalten. „Bitte, bitte", fleht sie und macht eine zaghafte Bewegung auf ihren Mann zu. Ihre weinerliche Stimme bricht sich. Und als sie ihre Tochter nicht mehr im Türrahmen stehen sieht, bricht sie vor ihrem Ehemann zusammen.

7. Kapitel

In der Kneipe *„Zur runden Ecke"* sitzt ein hagerer Mann im dunkelblauen Arbeitsanzug am Tresen, vor ihm steht sein drittes Bier und ein Klarer.

Es ist früh am Abend, noch nicht mal sechs Uhr, aber er ist dennoch nicht der einzige Gast. Die zwei Männer am Stammtisch scheinen sogar bereits Wurzeln geschlagen zu haben. Seit drei Monaten nämlich trinkt der Hagere hier nach der Arbeit sein Bier, und ebenso regelmäßig trifft er hier auf diese Kerle. Die scheinen mittlerweile zum Inventar dieses Anti-Etablissements zu gehören! Er lacht stumm in sein Bierglas.

Anfangs hatten diese Proleten doch tatsächlich versucht, ihn in ihre Runde aufzunehmen. Ihn, der von je her eine Abneigung gegen solche Menschen hat, und sowieso lieber für sich alleine ist.

Wiederum lacht er in sich hinein. Doch diesmal denkt er an die abgewrackte Nobelfregatte von heute Mittag, die ihn so schamlos in ihr Bett hatte holen wollen. Wie wird *die* wohl in Spitzenstrapsen und String-Tanga aussehen? Fettes Fleisch in rosa Spitze ... Eine Vorstellung, die ihn glucksen und seine Schultern hüpfen lässt.

„He! Was gibt's denn da zu lachen", lallt der Kahlköpfige am Stammtisch, und schlägt linkisch mit der Faust auf den Tisch. Der Hagere dreht sich um und schaut in blöde Gesichter.

„Es stimmt doch, oder nicht?" fragt der Andere. „Ich verstehe nicht? Was soll stimmen?"

„Na, dass die Ossis an allem Schuld sind", rülpst der Kahle. „Die Ossis und die anderen Ausländer." Der Hagere schüttelt den Kopf und bezahlt.

„Was? Keine Meinung zu dem Thema?" fragt der Kahle böse. „Ja, hast du denn keine Ehre im Leib? Der Westen ackert, der Osten erntet! Das ist doch Scheiße! Gib doch wenigstens zu, dass sie dir auch stinken!"

„Warum sollte ich?" erwidert der Hagere und geht zur Tür. „Es sind nicht die Ossis und Ausländer, die mir unangenehm auffallen."

„Sondern ...?" Wieder knallt eine Faust auf den Stammtisch.

„Die Säufer mit ihrem wehleidigen Gewäsch."

„Du Sau, du ...", entrüstet sich der Andere lallend.

Der Hagere sieht sich verbittert um. „Die Säufer und das arbeitsfaule Pack auf den Straßen, das im Osten Deutschlands längst nicht so zahlreich vorhanden ist", sagt er, schlägt die Tür hinter sich zu und geht nach Hause.

8. Kapitel

Wie ein gehetztes Tier jagt Franka durch die Straßen der Stadt. Der Dämon der Ratlosigkeit sitzt ihr im Genick und macht sie wütend. Was hatte sie denn diesmal falsch gemacht?

Schmerzhaft deutlich erinnert sie sich an die Geschehnisse der vergangenen Nacht und lässt sie vor ihrem geistigen Auge Revue passieren.

Sie hatte sich in den Vorgarten des elterlichen Grundstückes geschlichen, um wieder einmal durch die hell erleuchteten Fenster des kleinen Hauses zu schauen.

Zu gern beobachtet Franka ihre Eltern, verfolgt ihre ganz alltäglichen Handlungen: sieht ihnen beim Essen zu, beim Fernsehen: So hatte sie endlich auch einmal das Gefühl, dazu zu gehören. Aber je länger sie am gestrigen Abend zugesehen hatte, desto schwerer war ihr Herz geworden.

Ihre Eltern leben in einer Welt aus Liebe und Verständnis. Eine Welt, die sie ihr vorenthalten haben. Wann hatten sie aufgehört, ihre Tochter zu lieben? Warum versagen sie ihr das Gefühl, geliebt zu sein? Ein Gefühl, das sie nicht vermissen würde, wenn es nicht doch ganz tief in ihrer Erinnerung verwurzelt wäre.

Als sie später das Grundstück verlassen wollte, war sie über eine Schaufel gefallen, die achtlos auf einem der Gartenwege liegen geblieben war. Der Krach hatte ihre Eltern aufgeschreckt.

Die Mutter war gelaufen gekommen, der Vater mit dem Rollstuhl hinterher.

Und sie selbst hatte dagestanden wie ein Trottel, mit der Schaufel in der Hand und einem unglücklichen Lächeln im Gesicht.

„Verschwinde, und lass dich nie wieder hier sehen, du Irre", hatte der Vater ihr zugerufen. „Wir wollen dich nicht bei uns haben! Ich nicht und deine Mutter auch nicht!"

Messerscharf hatten sich seine Worte in ihr Herz geschnitten, worauf sie vollkommen verstört davongelaufen war.

Als sie später in ihrem Bett lag, fand sie keinen Schlaf und nach langer Unruhe hatten sich plötzlich all ihre Fragen wie von selbst beantwortet: Die Lieblosigkeit der Mutter, die Unerbittlichkeit des Vaters. Dieser alte Mann mit seinem Rollstuhl beansprucht alle Liebe und Zuwendung für sich allein. Dieser verfluchte alte Mann!

Um ihrem Ärger Luft zu machen, war sie später in der Nacht, als das elterliche Haus bereits in völliger Dunkelheit lag, dahin zurückgekehrt und hatte Vaters geliebte Rosensträucher herausgerissen. Vielleicht hätte sie sogar den ganzen Garten verwüstet, wenn nicht herannahende Schritte sie in die Flucht geschlagen hätten.

Franka schnauft. Allmählich verlangsamt sie das Tempo.

Leiser Nieselregen, der unbemerkt eingesetzt hatte, kühlt ihr erhitztes Gesicht, nicht jedoch ihr Gemüt. Diese unbändige Wut auf ihren Vater klebt an ihr, umklammert ihr Hirn und lässt sich einfach nicht abschütteln.

Mechanisch setzt Franka ein Bein vor das andere, schaut weder nach rechts noch nach links, und bemerkt nicht, dass sich mit Beginn der Dämmerung das Gesicht der Stadt verändert hat.

Es wirkt freundlicher mit seinem neuen Make-up aus Licht und Schatten. Seine bunten Lampen spiegeln sich auf dem feuchten Straßenpflaster wider, flimmern in den Pfützen der Rinnsteine.

Ein schepperndes Geräusch reißt Franka aus ihren Gedanken. Feindselig betrachtet sie den Störenfried in der sonst menschenleeren Straße. Es ist ein Obdachloser. Beim Anblick der vielen leeren Flaschen neben ihm verziehen sich ihre Mundwinkel geringschätzig nach unten.

„Glücklich ist, wer vergisst", denkt sie und will weitergehen, als ihr Blick auf die Zeitung fällt, die ausgebreitet auf dem Schoß des Mannes liegt. Sie ist vom Regen schon ganz durchgeweicht.

Ein böses Leuchten huscht über Frankas Gesicht und sie sieht sich blitzschnell um. Ihre Augen gleiten suchend über das Terrain zu der notdürftig abgesperrten Baugrube, die sich ganz in ihrer Nähe befindet. Lautlos zieht sie eine der Eisenstangen aus dem Boden, löst das rot-weiße Band und bewegt sich langsam in Richtung auf den Penner zu.

Johnny hört die Schritte. Nichts Gutes ahnend dreht er seinen Kopf, und sein Blick fällt sofort auf die Stange in der Hand des Mädchens. „He, Mädchen … Kleine ...", ruft er erstaunt. „Bist du etwa ...? Hast du etwa ...? Also, du hast meinen Freund Kurti ... Aber … warum?" Seine Stimme ist rauchig, aber dennoch voller Klang, tief und warm.

Verwundert bleibt Franka stehen. Sie legt den Kopf auf die Seite und betrachtet ihr Gegenüber.

Johnny kratzt sich nachdenklich am Kinn. Vielleicht sollte er versuchen Zeit zu gewinnen? Doch im gleichen Moment schüttelt er tonlos lachend seinen ergrauten Schopf. Zeit gewinnen?

Wofür denn? Sein Leben ist doch eh keinen einzigen Pfifferling mehr wert!

Widerspruchslos ergeben will er sich seinem Schicksal dennoch nicht. Er wird mit dem Püppchen spielen und ihr ein bisschen Angst machen. Entschlossen richtet er sich auf und sieht Franka fest ins Gesicht.

„Setz dich, Kleine!" sagt er.

Franka schluckt, hatte sie doch damit gerechnet, winselnd um Gnade angebettelt zu werden. Machte sich der alte Saufkopf etwa über sie lustig?

„Willst du dich nicht ...?" setzt er erneut an, als sie sich nicht rührt.

„Nein", fällt sie ihm wütend ins Wort und hält ihm die Stange vor die Nase. „Ich will mich nicht setzen, weil ich dich jetzt erschlagen werde, alter Mann!"

„Bitte. Nur zu!" erwidert er ruhig. Wieder schluckt Franka hart.

„Eigentlich solltest du Angst vor mir haben, du Penner!", presst sie mit erhöhter Stimmlage hervor.

„Angst?" lacht Johnny, etwas zu fröhlich und etwas zu laut. „Warum sollte ich Angst haben?"

Franka zeigt auf die Zeitung, die noch immer auf dem Schoß des alten Mannes liegt:

„Vielleicht, weil du das fünfte Opfer sein könntest?"

Doch Johnny lacht ein freudloses Lachen mitten in ihr Gesicht. „Das schreckt mich nicht", erwidert er. „Ich bin alt, und seit dem Tod meines Freundes verbindet mich nichts mehr mit dem Leben auf dieser Welt. Und wer weiß ...", fügt er leise hinzu und wiegt bedächtig seinen Kopf, „vielleicht gibt es ja ein Leben nach dem Tod und ich treffe meinen Freund wieder."

„Wer weiß!", antwortet Franka böse.

„Ja, wer weiß, Mädchen ...", sagt Johnny ausdruckslos. „Und wenn es ein Leben jenseits dieses Ufers gibt, dann finde ich hierher zurück und werde dich holen. Menschen wie du verdienen die Todesstrafe!"

„Die gibt's in Deutschland nicht mehr", unterbricht Franka ihn gelassen.

„Eben", sagt Johnny rau. „In Deutschland bekommen Menschen wie du allerhöchstens lebenslänglich, völlig unangemessen, wie ich finde. Ach, was sag ich! Irre, wie du, werden für unzurechnungsfähig erklärt, und in ein paar Jahren als geheilt in die Gesellschaft zurück entlassen!"

Franka fährt erschrocken zusammen und starrt ihn stumm aus großen Augen an.

„Ich werde dich holen, Kleine, so wahr ich Johann Seliger heiße! Du wirst niemanden mehr töten ..."

Aber Franka hört seine Worte nicht mehr. Sie sieht nur noch seine hellen, eisblauen Augen und zittert am ganzen Körper.

„Sei endlich still", schreit sie gellend. „Du hast kein Recht, so etwas zu sagen. Und du hast kein Recht, mich zu schlagen! Du schlägst mich nie wieder, hörst du? Nie wieder!"

Johnny will aufstehen und protestieren, aber da holt Franka schon zum Schlag aus. Die gewaltige Wucht zertrümmert den Kopf des alten Mannes und seine Hände, die er, einem Reflex folgend, im letzten Moment vorgeschützt hatte.

Reglos bricht er vor Frankas Füßen zusammen. Blut sprudelt aus dem Loch im Kopf. Die Lache breitet sich rasend schnell aus.

Johnny sieht es. Und während sein Leben zusammen mit dem Blut aus seinem Körper sickert, denkt er an das Einsetzen der Flut am Atlantik, an die Kraft der Gezeiten, die ihn ein Leben lang fasziniert hatte, und er lächelt.

Sein Kopf schmerzt, ihm wird schwarz vor Augen. Doch seine Sinne schwinden, und bald spürt er auch den Schmerz nicht mehr.

Als er ein leises Brummen hört, denkt er sofort an einen Hubschrauber, an eine schnelle medizinische Hilfe aus dem Jenseits. Er denkt befriedigt: „Jetzt holen sie mich" und stirbt mit einem seligen Lächeln auf den Lippen.

Als Franka endlich begreift, was geschehen ist, sind viele Minuten verstrichen. Verzweifelt trippelt sie hin und her und gibt jammernde Töne von sich.

„Er ist tot", geht es ihr durch den Kopf. „Er ist tot und ich habe ihn auf dem Gewissen!" Dabei hatte sie ihn doch nur erschrecken wollen! Sie wollte sich an seiner Angst weiden und dann davonlaufen!

Ein Ruf von hinten lässt sie erstarren. In der Ferne taucht eine Gruppe junger Leute auf.

„He, schaut mal, da vorn! Der Typ mit dem Knüppel!" Ruft ein Mann. „Wenn das nicht der Obdachlosenkiller ist! Los, Jungs! Den schnappen wir uns!"

Als die Männer lossprinten, läuft auch Franka, so schnell sie kann, davon. Verdutzt bleiben die Männer stehen. „Eine Frau? Das war eine Frau!"

Und nun sehen sie auch den toten Obdachlosen, der in seinem Blut liegt und das zufriedene Lächeln eines Träumenden auf seine Lippen trägt.

9. Kapitel

„Eine Frau sagen Sie? Und die ist Ihnen entwischt?"

Bedrohlich schaut Kriminalrat Krüger groß und schwer hinter seinem Schreibtisch hervor. Schnabel räuspert sich verlegen.

„Nein, Herr Kriminalrat."

„Sondern?" bellt Krüger. „Reden Sie schon, verdammt noch mal!"

„Das weiß ich nicht."

„Aber sagten Sie nicht gerade, dass sie Ihnen entwischt ist?"

„Nein, Herr Kriminalrat. Ich habe nur sagen wollen, dass nicht ich es war, der sie entwischen ließ."

„Schnabel ...!" zischt Krüger böse und springt von seinem Sessel. Bebend vor Zorn beugt er sich gefährlich weit über die Schreibtischplatte, dass es kracht. Der Angesprochene geht vorsichtig einen Schritt zurück.

„Was glauben Sie eigentlich, warum ich Sie zu mir gebeten habe! Ich erwarte einen ausführlichen Bericht von Ihnen! Auf der Stelle! Verstehen Sie? Sofort!"

Schnabel spürt das zischende „Sofort!" feucht in seinem Gesicht, und tritt abermals einen Schritt zurück. Obwohl er sich gewiss war, am unerfreulichen Ausgang der Verfolgungsjagd keine Mitschuld zu tragen, fühlt er sich jetzt elend und ihm stockt der Atem. Nervös tritt er von einem Bein auf das andere und kratzt sich am Hinterkopf.

Krügers Gesicht ist inzwischen tiefrot angelaufen. Die Falten auf der Nasenwurzel signalisieren unmissverständlich, dass der ohnehin schon unter Spannung vibrierende Geduldsfaden jeden Moment reißen würde.

„Die Zeugen geben an, der Frau ganz dicht auf den Fersen gewesen zu sein, bis sie plötzlich verschwunden war! Wie vom Erdboden verschluckt."

„Und ...?"

„Sie kennt sich wahrscheinlich besonders gut aus, muss also aus der Gegend stammen."

„Und weiter?" fragt Krüger.

„Nichts weiter", erwidert Schnabel und zuckt hilflos mit den Schultern.

„Wie ..., nichts weiter'? Beschreiben Sie mir die Frau! War sie groß oder klein, alt oder jung? Gibt es schon eine Phantomzeichnung von ihr?"

Wieder kratzt sich Schnabel am Hinterkopf und erklärt: „Die Frau war zu weit weg. Es war dunkel und außerdem erkannten die Zeugen nur an der Art, wie sie ihnen davonlief, dass es eine Frau gewesen sein könnte."

„Könnte?" heult Krüger auf und lässt sich zurück in den Sessel fallen. „Könnte ...? Soll das heißen, es ‚könnte' auch ein weibisch laufender Mann gewesen sein?"

Die ohnehin schon schmalen Augen verengen sich gefährlich. „Wollen Sie mir damit andeuten, dass Sie mit Ihren Ermittlungen keinen Schritt vorangekommen sind? Dass Sie wie am Anfang dastehen, nämlich mit nichts?"

Schnabel ist es, als höre er den dumpfen Schnipp des nun gesprengten Geduldsfadens und zieht vorsichtshalber den Hals ein. Die Wucht der nun lostobenden Stimme erstaunt ihn dennoch. So stimmgewaltig hatte er seinen Chef noch nie schreien hören.

„Sie sind doch der dümmste, faulste und unfähigste ...", brüllt er so ohrenbetäubend, dass es selbst der Pförtner drei Stockwerke unter ihnen bequem mitschreiben kann.

Mit gesenktem Kopf verlässt Hauptkommissar Schnabel unter weiteren Schimpftiraden und den hämischen Blicken seiner Kollegen das Büro seines Chefs. Er kommt sich wie ein Trottel vor.

10. Kapitel

Beinahe regungslos hockt eine junge Frau in der Ecke eines Hinterhofes inmitten sperriger, ausrangierter Gegenstände, und wartet geduldig darauf, dass sich der so plötzlich über sie hereingebrochene Tumult wieder legen möge.

Ein Geruch von Fäulnis und Verwesung steckt sich wie ein Finger in ihren Rachen, doch die Situation lässt ein befreiendes sich Übergeben nicht zu.

Die vormals so stille Straße quillt schier über vor brodelndem Lärm. Aufgebrachte Stimmen rufen, kreischen, schwellen an und verklingen vom Nirgendwo ins Irgendwo, verstummen vollständig, hinterlassen aber dennoch einen unangenehmen Film auf ihrer Haut. Eine Stunde später ist die Nacht vollständig hereingebrochen.

Franka bringt ihre Kleidung in Ordnung und tritt auf die nun wieder menschenleere Straße hinaus.

Der kalte Atem der Stille und Einsamkeit streift die Knöchel ihrer bloßen Füße. Ängstlich schaut sie sich um. War da nicht ein Geräusch?

Tastend gleiten ihre warmen Hände zu den Rundungen der nackten Schultern. Blutleere Lippen pressen sich fröstelnd aufeinander.

Franka will nur noch heim. Sie will nach Hause, will in das Reich ihrer vielen Spiegel zurück. *„Denn die Freude, die wir geben ..."* klingt es leise in ihrem Kopf.

Sie läuft so schnell sie ihre Beine tragen. Ihr Puls gibt das Tempo vor. Schneller und schneller stellt sich ein Fuß vor den anderen. Immer wieder dreht sie sich um, überall lauern Gefahren. Überall!

Die Augen aus dem Dunkel, furchtbare Augen! Grässlich! Kalt! Warum hat Vater sie auch geschlagen? Warum nur?

„Irre! Irre!" hallt ein Singsang von grauen Wänden und aus finsteren Fluren. Franka keucht.

„Nach Hause, nach Hause ...", hämmert es in ihrem Schädel.

Als sie endlich ihre Wohnungstür öffnet, erschrickt sie gewaltig. Wer schaut sie an?

„Franka, bist du das?" fragt sie mit einer Stimme, die sie nicht zu kennen glaubt. Ängstlich tritt sie näher an einen besonders schönen und alten Spiegel heran und betrachtet das blutverschmierte Gesicht. Große, furchtsame Augen blicken ihr entgegen. Der Körper erstarrt. Vorsichtig tasten die Spitzen ihrer Finger über die Verkrustungen hinweg. Nicht *ihr* Blut. Erleichtert atmet sie auf.

Ein weicher Schleier legt sich auf ihren Blick, und ein zärtliches Lächeln arbeitet sich langsam auf ihr Gesicht, während sie innerlich *„Denn die Freude, die wir geben, kehrt ins eigne Herz zurück ..."* wiederholt.

„Ich habe dich so vermisst", sagt sie leise und öffnet ihre Bluse. Ihre Finger streicheln sanft über den Spiegel hinweg.

Ohne den Blick zu lösen, lässt sie die Bluse zu Boden gleiten, die Hose, ihre Wäsche, bis sie völlig nackt ist. „Wollen wir duschen?"

Ein zufälliger Blick fällt auf den blutigen Haufen vor ihren Füßen. Sie bückt sich, sammelt alles ohne weitere Regung ein und steckt es in die Waschmaschine: Pulver in die Kammer, anstellen, erledigt!

In weniger als zwei Stunden werden die Sachen sauber sein. Nichts mehr würde sie morgen an diesen Abend erinnern. Nichts!

Aber wird sie jemals die Stimme des Alten vergessen können? Und seine Augen?

Mit steifen Schritten geht Franka ins Badezimmer.

Erst unter der warmen Dusche beginnt sie sich zu entspannen. Der Panzer aus Angst, Demütigung, Verzweiflung und Trauer platzt von ihr ab. Und mit ihm fällt die letzte Hülle, die letzte Hürde. Ihr Körper saugt das Gemisch aus Leichtigkeit und Wohlgefühl in sich ein und wird schwerelos.

Liebkosend wäscht sie sich, streichelt ihre Schultern, ihre nackten Schenkel, während sie das Gesicht dem Duschkopf entgegen streckt. Mit geschlossenen Augen gibt sie sich dem Gefühl allumfassender Wärme hin.

Sie spürt die winzigen Wasserstrahlen, die wie Nadeln auf ihrer Haut pieken, und nimmt die Dusche aus der Halterung.

Stechende Strahlen wandern über den gesamten Körper. Zwischen ihren Beinen halten sie inne.

Franka stöhnt, Wonne durchflutet sie. Sie spielt mit den Strahlen und begrüßt den schwindelig machenden Gipfel der Lust mit offenen Armen.

Zuckende Bewegungen, derer sie sich nicht zu erwehren vermag, lösen die allerletzten Spannungen in ihr, befreien und erschöpfen sie gleichermaßen.

Doch ihr eigener entsetzter Schrei zerstört den Zustand allumfassenden Glücks.

Hatte da eben ein junger Mann im Dunst ihres Badezimmers gestanden und sie durch das Glas der Duschkabine angesehen?

Franka öffnet die Kabinentür, greift nach einem Handtuch und schaut sich ängstlich um. Doch mit Erleichterung stellt sie fest, dass sich niemand außer ihr im Badezimmer aufhält.

Niemand außer ihr ist in der schönen, kleinen, und immer verschlossenen Wohnung.

Beruhigt schlüpft sie in Slip und Bademantel und schaltet den Fernseher ein. Die Spätnachrichten laufen gerade, ihr Film hat demnach noch nicht begonnen! Zeit genug also, um die Post des heutigen Tages durchzusehen.

Ihr Mund zuckt missbilligend, als sie wieder nichts als Rechnungen und Werbung durchblättert.

Die Rechnungen wird sie wie immer in den Briefkasten ihrer Eltern werfen, die Werbung indes wandert sofort in den Müll.

„... handelt es sich bei dem fünften Opfer um den Obdachlosen Johann Seliger. Wie die Polizei eben mitteilt, verschwanden seine sterblichen Überreste aus der Gerichtsmedizin ..."

Die Post klatscht auf den Boden. Wie gebannt starrt Franka auf den Fernseher. Sofort erinnert sie sich an die letzten Worte des alten Mannes, und fühlt eisige Kälte in sich aufsteigen.

Schweiß rinnt von den Achselhöhlen ihres Körpers hinab und hält sich am Bund ihres Slips fest. Franka fühlt sich furchtbar.

Sollte der Alte tatsächlich zurückgekommen sein?

„Es ist nicht auszuschließen, dass der Mörder die Leiche verschwinden ließ, um eventuelle Spuren zu beseitigen ..."

„Das ist es ...!" Erleichtert schlägt sich Franka mit der flachen Hand auf den Oberschenkel, erkennt aber augenblicklich den offensichtlichen Wahnwitz ihrer Freude.

Denn wer außer ihr sollte ein Interesse daran haben, den toten Penner verschwinden zu lassen?

11. Kapitel

Zur gleichen Zeit, in einem dunklen Zimmer, ein paar Häuserblocks weiter, sitzt ein Mann im Schlafanzug bewegungslos vor dem Fernseher.

Er ist hager, Mitte bis Ende Vierzig, mit einem verlebten Gesicht und eng stehenden, kleinen Augen.

Zwischen den Fingern seiner rechten Hand glimmt eine vergessene Zigarette. Benommen starrt er auf den Bildschirm.

Eigentlich wollte er nach dem Duschen und Rasieren nur noch eine rauchen, bevor er in die Koje geht, schließlich ist seine Nacht bereits um drei Uhr wieder zu Ende. Nun aber sitzt er auf diesem unbequemen Stuhl schon seit zehn Minuten fest.

„Was für eine Welt", murmelt er, und schüttelt freudlos lachend seinen Kopf. Durch das weit geöffnete Fenster seiner kleinen Dachwohnung sieht er hinaus in die dunkle Nacht.

Die Meldungen über den erneuten Mord an einem Obdachlosen irritieren ihn: Erst Kurt und jetzt auch noch Johnny? Warum?

Die Beiden waren anständige Kerle, saubere und ordentliche Menschen, deren einziger Makel darin bestand, keine Wohnung zu besitzen. Warum also?

Der Mann ändert seine Sitzhaltung und schlägt die Beine übereinander. Erst jetzt bemerkt er die glimmende Zigarette in seiner Hand, und feixt in sich hinein. Als er sie zum Mund führen will, fällt graue Asche auf den Boden. Missmutig schaut er auf das Häufchen vor seinem Stuhl, erhebt sich, um Besen und Schaufel zu holen und beseitigt es umgehend.

Warum Kurt und Johnny? Er kannte beide seit seinem Arbeitsbeginn bei der Stadtreinigung vor einem Vierteljahr. Er traf sie beinahe täglich in der Fußgängerzone an, die er sauber zu halten hatte.

Johnny ist ihm sogar hin und wieder zur Hand gegangen, hatte den Schlauch gehalten, mit dem die vielen Blumenkübel im Sommer gegossen werden mussten. Er selbst brauchte dann nur den Wasserwagen steuern, was ihm sehr angenehm gewesen war.

Und wenn er mit dem Multi Car im Schritttempo durch die Zone fuhr, um die Müllbeutel der Anwohner einzusammeln, lief Johnny neben ihm her und leerte die zahlreichen Mülleimer.

Bevor der Hagere ins Bett geht, schickt er noch einen bedauernden Blick zum Himmel, ehe er das Fenster schließt.

12. Kapitel

Als Franka in ihrem Bett liegt, fällt sie in einen unruhigen Traum.

Wie eine Wolke schwebt sie durch dichte, gespenstisch leuchtende Nebelschwaden. Sie ist allein, und sie friert. Als sie endlich wieder Boden unter den Füßen spürt, sieht sie sich erstaunt um. Sie steht am Rande einer Wasserfläche und kann sich nicht daran erinnern, jemals hier gewesen zu sein.

Da entdeckt sie den Mann auf der anderen Uferseite. Sie will ihm zuwinken, ihn fragen, wo sie ist, doch ihr Arm ist schwer, ihre Kehle wie zugeschnürt.

Als er ihr langsam sein Gesicht zuwendet, erschrickt sie. Sie sieht die hellen Augen, sieht den lächelnden, freundlichen Mund und erkennt in ihm den Obdachlosen Johann Seliger wieder.

„Ich hole dich", sagt er leise, indem er sich ihr allmählich nähert.

Angstvoll weiten sich Frankas Augen. Sie will davonlaufen, aber ihre Füße rühren sich nicht. Derweil kommt der Alte immer näher. Schon steht er bis zum Bauch im Wasser.

„Ich hole dich!", ruft er nun mit rauchiger Stimme und lacht schallend.

Franka wälzt sich stöhnend in ihrem Bett hin und her, fährt abrupt aus ihren Kissen hoch und starrt in die Dunkelheit.

Ewigkeiten vergehen, ehe sie realisiert, dass alles nur ein Traum war. Es ist still im Zimmer, nur der Wecker tickt sein beruhigendes Ticken.

Franka knipst das Licht der Nachttischlampe an und hebt die Beine aus dem Bett. Niedergeschlagen betrachtet sie sich im Spiegel. Sie sieht das blasse, viel zu ernste Gesicht, und versucht ein aufmunterndes Lächeln aufzulegen.

Schon steigt ihr eine zarte Röte in die Wangen. Sie erfreut sich an ihrem Anblick, bis sie hochschreckt und entsetzt aufschreit.

Ist das nicht jener junge Mann aus dem Badezimmer, der ihr jetzt aus dem Spiegel entgegen lächelt?

Franka blickt blitzschnell neben sich, aber der Platz ist leer.

Irritiert schaut sie zurück auf den Mann neben ihrem Spiegelbild.

„Wer bist du?" fragt sie mit hoher, leiser Stimme.

„Aber das weißt du doch", antwortet der Fremde lächelnd. „Hast du mich nicht längst erwartet?"

Franka sitzt wie versteinert in ihrem Bett. Sofort war ihr seine rauchige, aber dennoch klangvolle Stimme aufgefallen. Eine Stimme, wie sie sie bis zum heutigen Tag noch nie gehört hatte.

„Was willst du von mir?" fragt sie, am ganzen Körper zitternd.

„Auch das weißt du schon, Franka ..."

„Nein", haucht sie und fängt an zu weinen. „Das weiß ich eben nicht!"

„Doch, doch, Kleine, du weißt es."

„Nein!" Stößt Franka noch einmal verzweifelt hervor, greift nach ein paar Kleidungsstücken und flieht aus ihrer Wohnung.

13. Kapitel

Hauptkommissar Schnabel wälzt sich müde von einer Seite seines Betts auf die andere. Immer wieder schaut er mürrisch auf die Uhr, deren Zeiger rücksichtslos ihre Runden drehen.

Wo bleibt der Schlaf? Der Schlaf, als guter Freund für im Stich Gelassene! Als heilsame Therapie für Stressgeplagte, und, nicht zu vergessen, als ordnender guter Geist im Chaos der Gedanken und Gefühle. Warum will er ihn heute nicht einholen? Warum kann er ihn nicht erlösen vom Druck des Tages?

Nur noch zwei Tage, verdammt! Krüger hat ihm wahrhaftig nicht mehr als zwei Tage gegeben, um die Obdachlosenmorde aufzuklären. Dieser Fall zermürbt ihn, macht ihn ganz krank mit seiner Undurchsichtigkeit.

Die Opfer entstammten ehemals den unterschiedlichsten gesellschaftlichen Kreisen. Ein gemeinsamer Bekannter ist als Mörder deshalb mehr als nur unwahrscheinlich. Außer natürlich, man sucht ihn in dem Milieu, in dem sich die Opfer zum Zeitpunkt ihres Todes tummelten, also im Umfeld der Obdachlosen selbst. Aber die Befragung dieser Leute, so Nerven aufreibend und Kräfte zehrend sie gewesen ist, war letztendlich auch ergebnislos geblieben.

Schnabel bricht der Schweiß der Verzweiflung aus. Er knipst das Licht seiner Nachttischlampe an und richtet sich auf.

Und wenn es nun jemand ist, dem die Obdachlosen einfach nur ein Dorn im Auge sind? Was, wenn die einzige Verbindung zwischen Täter und Opfer der blinde Hass des Einen auf die Lebensphilosophie der Anderen ist?

Schnabel wischt sich den Schweiß von der Stirn.

Dann könnte praktisch jeder der Mörder sein, der Anstoß daran nimmt, dass Penner auf unseren Straßen und Plätzen herumlungern. Seine Ergreifung wird damit zum Glücksspiel.

Wenn die Penner nur nicht so stur wären! Auf der einen Seite wollen sie, dass man sie beschützt, und auf der anderen Seite lassen sie sich nicht vorschreiben, wo sie ihre Nächte verbringen. Das einzige, was er zu ihrem Schutz veranlassen konnte, war die Bereitstellung zusätzlicher Streifenwagen durch das BKA. Aber auch die können keine Wunder verbringen. Und ein Wunder ist es, was Schnabel jetzt brauchte.

14. Kapitel

Kopflos läuft Franka durch die finsteren Straßen der Vorstadt. Die Angst und ihr Überlebenswille treiben sie voran.

Aus den Augenwinkeln heraus verfolgt sie ihre eigene Spiegelung in den an ihr vorbeirasenden Schaufenstern.

Ist da nicht wieder der junge Fremde, dicht hinter ihr?

Der Druck auf der schon schwer atmenden Brust wird unerträglich. Sie will schreien, aus Leibeskräften den Schmerz aus ihren Lungen pressen. Doch sie schweigt betroffen, als sie den Kopf dreht und ins Leere blickt.

Sie bewegt sich nun schneller als zuvor, läuft, bis sie keine Luft mehr bekommt, bis sie stehen bleiben muss, um zu verschnaufen.

Schweiß brennt in ihren Augen, fließt in kleinen Rinnsalen von der Stirn über das Gesicht. Erschöpft beugt sie sich vornüber.

Ihre Gedanken überschlagen sich. Wie ist sie nur in diese Situation geraten? Was geht hier vor?

Als sie sich wieder aufrichtet, trifft ihr müder Blick geradewegs auf das Gesicht des fremden jungen Mannes. Lächelnd und mit ausgestrecktem Arm steht er vor ihr.

„Komm!", sagt er. „Begleite mich auf meinen Weg zurück!" Auffordernd öffnet er seine Hand.

Franka schluckt. „Wohin?" fragt sie vorsichtig.

„Bitte erspare uns diese Masche, spiele nicht die Ahnungslose", lacht der Fremde. „Wo komme ich wohl her?"

„Ich ... weiß nicht."

„Du hast mich getötet, Franka! Schon vergessen?"

„Der Mann war älter, er war alt!"

Wieder lacht der Fremde. „Gib dir keine Mühe, Mädchen, und sieh den Tatsachen doch endlich ins Auge! Ich bin Johnny, der alte Penner, das fünfte deiner Opfer. Du hast mich doch längst erkannt!"

Franka schüttelt ungläubig mit dem Kopf.

„Sind es die Falten, die du an mir vermisst?" fragt der Fremde herausfordernd. „Die grauen Haare?"

Franka bewegt sich nicht. In ihrem Hinterkopf wiederholen sich nun immer wieder die Meldungen der Spätnachrichten: *„Johann Seliger ... aus der Gerichtsmedizin verschwunden ..."* In ihr kämpft atemloser Unglaube gegen die hämisch lachende Gewissheit an.

Franka kneift die Augen fest zusammen und hält mit beiden Händen schützend ihren Schädel, der auf Grund der Turbulenzen auseinander zu brechen droht. „Es ist ein Traum, nur ein Traum!" versucht sie sich selbst zu beruhigen.

„Irrtum, Franka. Ich bin real, wenigstens für dich", sagt der Mann trocken. „Ich werde dich auf Schritt und Tritt begleiten. Solange, bis du mir aus freien Stücken folgst."

„Niemals!" schreit Franka ihm ins Gesicht.

„Du kannst mir viel erzählen! Wer garantiert mir denn, dass du die Wahrheit sprichst? Deine gewisse Ähnlichkeit mit Johann Seliger ..."

„Sag einfach Johnny zu mir", unterbricht er sie sanft.

„Kannst du diese ungeheuerliche Behauptung auch beweisen?" fordert Franka ihn heraus.

Der Fremde nickt ruhig, und der hilflos anmutende Blick von Frankas großen, rehbraunen Augen weckt in ihm ein Gefühl von Erbarmen. Ja, mehr noch! Die augenscheinliche Zerbrechlichkeit dieses Mädchens bringt seine Säfte in Wallung, treibt ihm eine feurige Hitze unter die Haut seiner Wangen. Verlegen räuspert er sich.

„Hast du eine leise Vorstellung davon, was nach dem Tod mit uns geschieht, schönes Kind?" fragt er, nun etwas friedfertiger gestimmt. „Jeder von uns, egal ob gottesgläubig oder nicht, bekommt in einer

Welt jenseits dieses Ufers sein Leben wieder. Die, die zufrieden auf der Erde lebten, erhalten zudem ihre Jugend zurück. Das soll nicht heißen, dass man ziellos oder selbstzufrieden seine Tage fristet. Ein gewisser Grad an Unzufriedenheit bringt uns schließlich voran. Das Geheimnis ist, einfach aus der Situation, in die man hineingeboren wird, das Beste für sich zu machen." Gespannt verfolgt Johnny jede Regung in Frankas Gesicht, als sich ihre Augenbrauen heben. „Du hast richtig gehört, Franka! Das Beste für *sich*."

Johnny bemüht sich, das Wort ‚sich' mit besonderer Betonung zu belegen.

„Nur Menschen mit einer gesunden Portion Egoismus kurbeln den Fortschritt auf der Welt an. Und nur die Menschen, die sich selbst lieben, sind imstande, auch andere Menschen zu lieben", fügt er hinzu. „Liebst du dich, Franka?"

Franka kann nicht antworten, denn vor ihren Augen geschieht Erstaunliches. Wie gebannt starrt sie auf das jugendliche Antlitz des Fremden, das sich plötzlich zu verändern scheint.

Kleinste Fältchen graben sich in seine Haut und formen sich schnell zu großen Furchen aus. Im Nu gleicht sein Gesicht einem Acker, auf dem die Zeit mit einem Pflug am Werke ist. Asche zu Asche und Staub zu Staub.

Als Franka die Vergrößerung seiner Nase und Ohren bemerkt, sind die Haare bereits ergraut. Vor ihr steht der alte Johnny. Zitternd schaut sie ihm in die Augen, die plötzlich nur noch zwei schwarze Löcher sind, in die sie in rasantem Tempo einfährt. Gerade so, als sitze sie in einem Schnellzug. Tiefer und tiefer dringt sie hinein, von einem schwachen Licht begleitet, welches nur schemenhaft den Rand der Höhlen zeichnet. Und plötzlich hält sie inne und sieht, wie ein alter Mann zu Tode kommt.

15. Kapitel

„Das ist doch alles nicht wahr", würgt Franka verzweifelt hervor, während sie erneut zu fliehen versucht. „Es ist ein böser Traum, und ich werde jeden Moment aufwachen ..."

Doch der krampfartige Schmerz in ihren Beinen, das Seitenstechen und der mit Nadeln gespickte Atem in ihren Lungen bezeugen unmissverständlich, dass es sich diesmal nicht um einen ihrer Alpträume handelt. Das geschieht alles wirklich!

Franka schluchzt. Sie läuft so schnell sie ihre Beine tragen. Sie will nur weg von hier, einfach weg.

Damals, als sie noch sehr klein war, hatten sich in scheinbar ausweglosen Situationen die übergroßen Arme ihrer Mutter schützend um sie gelegt. Noch jetzt glaubt sie den weichen Körper spüren zu können, der ihr kleines verletztes Gemüt mit umfassender Wärme heilte. Heute jedoch ist sie verraten und vergessen.

Wie gern würde sie am Rad der Zeit drehen, um die geborgenen Momente zurück zu holen.

Geborgene Momente? Als Franka die Augen schließt, sieht sie eine verzweifelte Mutter vor dem Krankenbett ihres kleinen Mädchens, die seine Hände weinend mit Küssen bedeckt, während sie sich immerfort für etwas entschuldigt.

„Mami", sagt das kleine Mädchen schwach. „Mami ..."

Es will seine kleinen Ärmchen nach der Mutter ausstrecken, aber die Schmerzen der versehrten Glieder brennen unerträglich. Und dann tauchen da immer wieder die Augen auf, die es aus der Dunkelheit anstarren, ihm Angstträume bescheren. Geborgene Momente?

Franka erinnert sich an die Nacht, als man sie aus dem Haus ihrer Eltern holte, um sie bis zu ihrem achtzehnten Lebensjahr in ein Heim zu sperren. Sie erinnert sich an die ohrenbetäubenden Schreie ihrer Mutter in jener Nacht, an ihr eigenes Entsetzen beim Anblick des vielen Blutes auf ihrem Nachthemd.

Bis zum heutigen Tag hat ihr kein Mensch den Wahnsinn dieser Nacht erklärt. Keiner!

Geborgene Momente ...?

Immer noch hetzt Franka durch die dunklen, menschenleeren Straßen, fühlt sich aber zunehmend unbehaglicher. Begleitet nicht ein merkwürdiger Widerklang ihre Schritte? Ein Echo? Nein, es ist kein Echo, nie und nimmer!

Sie wirft einen kurzen angstvollen Blick über die Schulter und stöhnt schmerzhaft auf. Da ist er wieder: der alte Johnny. Wie kommt er so plötzlich her? Sie glaubte ihn doch weit hinter sich gelassen zu haben.

Mit letzter Kraft läuft Franka ihm davon. Doch Johnny holt sie immer wieder ein. Franka steigert ihr Tempo, aber der alte Mann läuft scheinbar mühelos auf gleicher Höhe neben ihr her.

Sie versucht ihm im Chaos der Hinterhöfe zu entkommen, aber auch Müllhaufen, Mauern, Zäune und Schlupflöcher stellen für Johnny kein Problem dar.

Als sie wieder auf der Straße angekommen ist, verlangsamt sie ihren Schritt und bleibt stehen. Kraftlos baumeln ihre Arme am gebeugten Körper, während sie ihren Verfolger mit mattem Blick fixiert. Der alte Mann indes zeigt keine Anzeichen von Schwäche. Frisch und ausgeruht steht er vor ihr und lächelt erhaben.

„Du wirst mir nicht entkommen, Mädchen", sagt er eindringlich. „Vor mir kannst du genau so wenig davon laufen, wie du vor deinen Taten davon laufen kannst. Die Fahndungsmeldungen der Polizei beziehen sich längst schon auf eine Frau." Er seufzt theatralisch: „Man wird dich in eine Anstalt sperren, Franka. Willst du das?"

Franka schüttelt den Kopf.

„Möchtest du bis zu deinem Lebensende mit lauter Verrückten zusammen sein?"

Franka fühlt, wie sie zerbricht. Vollkommen entmutigt fällt ihr Kinn auf die Brust und ein Weinkrampf schüttelt ihren erschöpften Körper.

„Ich könnte dir dieses Schicksal ersparen", verspricht Johnny weich und hebt seinen Arm. „Komm mit mir ...!"

Da zerreißt Motorengeräusch das schwarze Tuch, das sich unheilvoll um Franka gewickelt hatte, und ein Streifenwagen biegt um die Ecke. Franka atmet befreit auf.

Sie will auf die Fahrbahn springen, den Wagen stoppen, aber Johnny hält sie mit schraubstockartiger Härte fest. Verzweifelt starrt Franka auf die weißen, dürren Hände. „Lass mich los", kreischt sie.

Die Männer im Streifenwagen schauen verwundert auf die junge Frau, die in blindem Eifer um sich schlägt, und halten den Wagen an.

„Können wir Ihnen behilflich sein, junge Frau?" tönt eine tiefe Stimme aus dem Wageninneren.

Franka nickt. „Bitte", sagt sie. „Ich möchte eine Aussage machen."

16. Kapitel

Nachdem ein Revierbeamter die Personalien aufgenommen hat, führt man Franka in einen Vernehmungsraum, dessen verspiegelte Wände sie sofort in ihren Bann ziehen. Fasziniert schaut sie sich um.

Franka hier, Franka da, Franka vor ihr, Franka hinter ihr. Sie lacht begeistert und betrachtet sich von allen Seiten.

Bei dem schnappenden Geräusch der sich verschließenden Tür verstummt ihre Freude jedoch augenblicklich.

Betroffen starrt sie auf die gepolsterten Wände der Zelle. Weder Knauf noch Klinke ermöglichen ihr jetzt noch den Weg in die Freiheit zurück. Sie sitzt in der Falle.

Ein blitzartig aufflammendes Gefühl von Panik wird jedoch von der ruhevollen Atmosphäre, die dieser Raum verströmt, erstickt.

Die plötzliche Stille weckt all ihre Sinne für die leisen Töne der schlafenden Welt. Langsam entspannt sie sich.

Franka spürt das friedliche Atmen der Tischgruppe, die mitten im Raum platziert ist, und riecht den würzigen Duft von geöltem Holz. Ihr Mund lächelt versonnen.

Wenigstens ist sie hier allein, endlich allein!

Franka links von ihr ..., Franka rechts von ihr ... und dabei ahnt sie nicht, dass im Nachbarzimmer zwei Herren bereits jede ihrer Bewegungen beobachten. Zwei Herren, die aufgrund ihrer unmittelbaren Verpflichtung im Fall der Obdachlosenmorde von der Festnahme einer geständigen Frau informiert worden waren.

Während der Eine von ihnen (klein, Mitte Fünfzig, mit Stiernacken und lebhaften braunen Augen) sich scheinbar hoch erfreut zeigt, bekundet der Andere (Brillenträger, um die Dreißig, mit ungekämmt wirkendem Haar) seine Verärgerung über den abgebrochenen Nachtschlaf mit anhaltendem Gähnen.

„Können wir nicht endlich mit der Befragung beginnen?" fragt Jensen ungeduldig.

Schnabel antwortet nicht. Mit leuchtenden Augen sitzt er vor der Scheibe und betrachtet Franka wie ein Wunder.

Nach der letzten unliebsamen Unterredung mit seinem Vorgesetzten hatte er gewusst, dass ihm nur noch ein Wunder helfen konnte. Und dort steht es nun vor ihm: blutjung und wunderschön.

„Erwarten Sie, dass sich die junge Dame von selbst an den Tisch setzt und ihr Geständnis aufschreibt?" fragt Jensen feindselig. „Ihre Arschruhe ist ja nicht zu ertragen! Zumal ich sowieso bezweifele, dass sie unser ‚Mann' ist. Sogar der dümmste Polizist weiß, dass es keine weiblichen Serienkiller gibt!"

Schnabel holt tief Luft.

„Vergreifen Sie sich da nicht etwas in Ihrem Ton, Herr Kommissar?" empört er sich mit noch ruhig wirkender Stimme, aber sein Gesicht ist rot vor Zorn. „Ich bin immer noch Ihr Vorgesetzter!"

„Ganz recht, Herr Hauptkommissar", erwidert Jensen ruhig. „Noch ...!"

„Was soll denn das heißen, Sie arrogantes, kleines Arschloch?" Schnabel springt auf. „Sie mieser, dreckbeiniger Pinscher! Glauben Sie wirklich, Sie könnten mir das Wasser abgraben, nur weil Sie ...?" Er beißt sich auf die Zunge.

„Wer weiß", antwortet Jensen vieldeutig, und grinst. „Morgen um diese Zeit sind Sie vielleicht ..." Er verstummt und wird feuerrot.

Franka ist ganz dicht an den Spiegel heran getreten und lächelt gewinnend.

Verlegen lächelt Jensen zurück. Sein Adamsapfel hüpft nervös auf dem fleckigen Hals.

„Kann sie mich sehen?" fragt er flüsternd.

Schnabel grunzt vergnügt und tippt sich mit dem Zeigefinger gegen die Stirn. „Pinscher, dreckbeiniger ..."

Aber auch ihm bleibt der Satz im Mund stecken, als Franka in Höhe seines Gesichtes nach dem Spiegel greift. „Das ist doch …!"

Verwirrt streift er die Flusen seiner sich lichtenden Kopfbehaarung aus der Stirn und zuckt zurück, als die Hand des Mädchens beinahe liebevoll über das Glas hinweg streichelt.

Schweiß und Schmutz markieren die Stellen ihrer Liebkosungen und hinterlassen schmierige Streifen, während ihr tiefer Seufzer seine Oberfläche beschlagen lässt.

„Ich hätte ihn nicht töten dürfen", sagt sie bitter. „Ich hätte nach Hause gehen sollen, anstatt mich mit ihm zu unterhalten. Nun haben wir ihn am Hals." Betrüblich schüttelt sie den Kopf.

„Aber wenigstens sind wir jetzt in Sicherheit." Ein Lächeln umspielt ihren Mund.

Schnabel horcht auf. Widerstreitende Gefühle von Freude, Überraschung und Unglauben verleihen seinem Gesicht die Ausstrahlung eines Einfältigen.

„Kriminalrat Krüger soll kommen, sofort!", jubelt er und stürzt an die Tür. Dort bleibt er stehen. Er spürt den bohrenden Blick von Jensen in seinem Genick und seine Finger reiben unwillkürlich über die fette Wulst hinweg.

Langsam, sehr langsam, dreht er sich um und belegt seinen Kollegen mit einem vernichtenden Augenausdruck.

„Wenn Sie dieses Rennen überstehen wollen, Herr Kommissar, dann rate ich Ihnen dringend, in der Spur zu bleiben. Wer drängelt, fliegt. Haben wir uns verstanden?"

Jensen wendet trotzig seinen Kopf und schweigt. Unverwandt schaut er durch die Scheibe auf die Tür des Vernehmungszimmers, die sich bald darauf öffnet.

Schnabel stellt sich Franka kurz vor und klatscht überbetont aufheiternd in seine Hände.

„Jetzt müssen Sie mir nur noch verraten, was Sie mit der Leiche angestellt haben, Fräulein Lohm."

Selbstgefällig grinsend verschränkt er seine Arme über der mächtigen Brust.

Franka ist verblüfft.

„Woher wissen Sie ...?"

„Mikrophone, liebes Kind, überall Mikrophone. Wir haben jedes Ihrer Worte auf Band. Leugnen bringt nichts! Also erzählen Sie schon!"

Mit hängendem Kopf setzt sich Franka an den Tisch und starrt auf den Boden vor ihren Füßen. Endlose Minuten verstreichen, ohne dass sie auch nur einen Ton hervorbringen kann.

Schnabel schaut auf die Uhr und runzelt verärgert die Stirn.

„Machen Sie endlich Ihren Mund auf, Fräulein! Wo ist der Tote?"

„Ich weiß es nicht", sagt sie leise. „Erst ist er hier, und dann wieder ganz woanders. Vielleicht ist er sogar an verschiedenen Stellen gleichzeitig." Sie richtet einen verwirrten Blick auf den Tisch.

„Moment mal", platzt Schnabel hervor. „Wollen Sie mich zum Narren halten?"

„Nein", erwidert Franka hilflos. „Ich war ja selbst erstaunt darüber, mit welcher Leichtigkeit er mich verfolgte. Sie müssen mir helfen, Herr Kommissar!"

„Entschuldigen Sie, Fräulein Lohm, aber das kriege ich jetzt nicht ganz auf die Reihe. Den Angaben meiner Kollegen zufolge haben Sie sich wegen Mordes an Johann Seliger gestellt. Das stimmt doch, oder etwa nicht?"

Franka nickt betrübt.

„Und genau dieser Mann soll Sie verfolgt haben?"

Wieder nickt Franka. Ihre geballten Fäuste liegen verkrampft auf ihrem Schoß. „Wer weiß, was geschehen wäre, wenn das Polizeiauto nicht zufällig vorbeigekommen wäre."

„Ja, aber … verdammt noch mal! Wir reden hier von einem Mann, den die Gerichtsmedizin für tot erklärt hat", unterbricht Schnabel sie hart. „Wir reden hier von einer Leiche!"

Franka duckt sich und flüstert vorsichtig: „Es ist ja auch nur sein Geist, der mich verfolgt."

„Es reicht!" Stöhnend lässt sich Hauptkommissar Schnabel neben ihr auf den Holzstuhl fallen. Er wirkt plötzlich sehr müde.

„Sein Geist also", setzt er schläfrig nach. „Und wie sah er aus, dieser Geist?"

„Anfangs um die Zwanzig, schwarzes, welliges Haar ..."

„Schluss jetzt! Hören Sie auf!"

"... und dann wurde er alt."

„Schluss jetzt, hab' ich gesagt", brüllt Schnabel aufgebracht und lässt seine schwere Faust mit Wucht auf die Tischplatte sausen. Seine Geduld ist erschöpft.

In diesem Moment öffnet sich die Tür und Kommissar Jensen betritt den Raum. Mit ihm schwappt eine Welle der Schadenfreude über Schnabel hinweg, der sich ihm sofort ab- und dem Mädchen zuwendet.

„Wer ist Ihr behandelnder Arzt?" fragt er brummig. Franka sieht ihn irritiert an.

„Warum fragen Sie mich das?" Große, fragende Augen suchen seinen Blick, aber er schaut verärgert an ihnen vorbei.

„Weil Sie nicht ganz dicht sind, mit Verlaub", erwidert er ausdruckslos. „Sie gestehen einen Mord, nur um einen Verfolger abzuschütteln, und bringen sich damit in Teufels Küche."

Franka springt entrüstet auf. Sie will protestieren, doch sanfte Hände drücken sie auf ihren Stuhl zurück. Überrascht blickt sie sich um. Hinter ihr steht Jensen und betrachtet Schnabel mit einem verächtlichen Kopfschütteln.

„Vielleicht sollten Sie schon mal Ihren Antrag auf Versetzung formulieren, Chef", sagt er spitz. „In wenigen Minuten wird Kriminalrat Krüger hier eintreffen, und ich möchte nicht in Ihrer Haut stecken, wenn er feststellt, dass Sie ihn umsonst aus dem Bett geklingelt haben!"

Schnabel schließt die Augen und vergräbt das Gesicht in seinen großen Händen. Das ist das Ende! Dabei schien das Wunder doch zum Greifen nah, verdammt! Er könnte sich dafür ohrfeigen! Als ob es in der Polizeiarbeit Wunder gäbe! Eher hilft dann schon Bruder Zufall.

Doch es ist kein Zufall, dass dieses Mädchen hier vor ihm sitzt. Sie hatte sich gestellt, freiwillig! Warum sollte sie einen

Mord gestehen, den sie nicht begangen hat? Das ist doch unlogisch!

Ein leiser Hoffnungsschimmer glättet die Sorgenfalten auf seinem Gesicht.

Mörder erfinden hin und wieder die unglaublichsten Geschichten, um einer Bestrafung zu entgehen. Aber würde das Opfer einer nächtlichen Verfolgung einen Mord gestehen, nur um seinem Peiniger zu entkommen?

Spontan entschließt er sich zu einem letzten Vorstoß.

„Wie haben Sie Johann Seliger getötet?"

„Ich habe ihn erschlagen. Aber ich wollte ..."

„Antworten Sie mir bitte nur auf meine Fragen", unterbrach er sie kalt. „Womit haben Sie ihn erschlagen?"

„Mit einer Eisenstange."

„Die sie wo gefunden haben?"

„Bei der Baugrube, ganz in der Nähe."

Mit einem Ruck wendet sich Schnabel an Jensen und grinst.

„Das reicht wohl als erstes, oder?"

Jensen nickt betreten.

„Also gut, Fräulein Lohm." Schnabel lehnt sich zufrieden in seinem Stuhl zurück und schaut auf die Uhr.

„Erzählen Sie mir nun ganz ausführlich, was sich seit gestern Abend zugetragen hat. Und beginnen Sie bitte mit dem Anfang."

Franka betrachtet den Kriminalbeamten argwöhnisch. Er ist ihr nicht geheuer, mit seinem schier unerschöpflichen Reichtum an Gefühlszuständen, die er stets schonungslos zu gebrauchen scheint. Seine Launen wechseln wie das Wetter im April. Kaum vertraust du dem Sonnenschein, wird es wie aus Eimern schütten!

„Das interessiert Sie doch nicht wirklich", kontert sie ungläubig.

„Oh doch, Fräulein", entgegnet Schnabel lächelnd. „Wie soll ich Ihnen sonst helfen?"

Seine Scheinheiligkeit wirkt wenig überzeugend. Trotzdem schiebt Franka alle Bedenken beiseite und erzählt ihm ihre ganze Geschichte: Von der ersten Begegnung mit Johnny, seiner Drohung, irgendwann zurückzukommen, seinem Auftauchen in ihrem Badezimmer, und von der nächtlichen Verfolgungsjagd, die erst das plötzliche Aufkreuzen des Streifenwagens beendet hatte.

Schnabels Körperhaltung strafft sich immer mehr. Aufmerksam hört er zu. Für ihn stehen schon bald zwei Dinge fest: Zum einen, dass sie die Wahrheit sagt, was den Mord an

Johann Seliger betrifft, und zum anderen, dass sie dringend psychologischer Hilfe bedarf.

„Sie haben Johann Seliger getötet, weil eine innere Stimme sie dazu aufforderte?"

Franka nickt.

„Aber vor allem waren es seine hellblauen Augen. Furchtbare kalte Augen, die mich schon mein ganzes Leben begleiten, mich ängstigen und Alpträume hervorrufen."

„Und das werden Sie auch als Geständnis unterschreiben?"

„Ja, das werde ich."

Schnabel holt tief Luft.

Er wirft Jensen einen Blick zu, der ganze Bände spricht. Triumphierend erhebt er sich und nimmt an der Schreibmaschine Platz.

„Wo Krüger nur bleibt", näselt er gehässig, während er damit beginnt, das Protokoll zu tippen.

Franka sitzt währenddessen ganz still auf ihrem Stuhl und wünscht sich weit weg.

„Wer ist eigentlich diese andere Franka?"

Schnabels Frage reißt Franka aus ihren Gedanken. Verwirrt hebt sie den Kopf.

„Etwa Ihr zweites Ich?"

„Nein", erwidert sie leise. „Sie!" Zaghaft zeigt sie auf ihr eigenes Spiegelbild.

„Natürlich." Schnabel verkneift sich ein Grinsen. „Wenn Sie nun bitte hier unterschreiben wollen … danke!" Die Sache ist für ihn erledigt.

Nachdem er das Protokoll in seinen Akten verstaut hat, kritzelt er etwas auf einen Zettel, den er zusammen mit seinem Handy an Jensen weiterreicht.

„Rufen Sie hier an! Professor Eichinger soll sofort jemanden schicken, jemanden, der … Sie wissen schon!" Er macht eine unmissverständliche Handbewegung.

Jensen erhebt sich schwerfällig und geht in eine Ecke. Während er die Nummer wählt, schaut Franka verstört von einem zum anderen.

Professor Eichinger? Warum Professor Eichinger? Will man sie tatsächlich wieder in eine dieser furchtbaren Einrichtungen stecken?

Rote Hitze lodert in ihrem Kopf, lässt ihre Wangen brennen und die Augen kampflustig glitzern.

Als sie Hilfe suchend in den Spiegel blickt, vergeht jedoch all ihr Mut. Vor ihr sitzt eine tieftraurige, niedergeschlagene Franka.

Die vergangenen Stunden dieser Nacht haben deutliche Spuren hinterlassen. Das Gesicht wirkt in seiner bläulichen Blässe beinahe leblos, und der schmale Körper hält sich nur noch mit Mühe aufrecht.

Mit letzter Kraft wühlt Franka in ihrem Hirn nach einer Idee, einem Ausweg. Wie soll es jetzt nur weiter gehen?

Sie fühlt, wie ihre Nase anschwillt, wie sich Tränen in ihren Augen sammeln, und die Wangen schwer werden.

Gerade will sie sich ihrer Verzweiflung hingeben, als ein seltsamer Schatten ihre Aufmerksamkeit erregt. Dicht neben ihrem Spiegelbild erkennt sie die Umrisse einer menschlichen Gestalt, die schnell an Kontur gewinnt ... Johnny!

Seine vor Männlichkeit strotzende Körperhaltung haut sie fast um. Herausfordernd hebt er sein Kinn und legt provokativ den Arm um ihre Schultern.

Sie schaut in seine Augen und stellt verwundert fest, dass die Kälte aus ihnen verschwunden ist. Strahlend erhellen sie ihre Sinne, erwärmen ihren Schoß. Und plötzlich fühlt sie sich Johnny unendlich nahe.

Sie spürt seine Hand weich und warm in ihrem Nacken und eine Flut angestauter Tränen quillt durch die geschlossenen Lider.

„Hilf mir, Johnny, hilf mir, mein Freund!", schluchzt sie und streckt die Arme nach ihm aus. „Ich verspreche dir auch, dass ich bestimmt nicht wieder weglaufen werde."

Schnabel wirft ihr einen kurzen Seitenblick zu und grient.

„Nein, das wirst du wirklich nicht", murmelt er spöttisch und wendet ihr den Rücken zu, ohne sie jedoch aus dem Augen zu lassen. Im Spiegel kann er Franka gut sehen. Den jungen Mann neben ihr sieht er allerdings nicht.

Und deshalb sieht er auch nicht, wie dieser einen Knüppel hebt und gewaltig zum Schlag ausholt.

Ein ohrenbetäubender Knall zerteilt die Luft, und ein gigantischer Sprung im Spiegel fährt durch das Spiegelbild von Hauptkommissar Schnabel.

Entsetzt wirft er sich zu Boden.

„Verflucht noch mal, was war das?" fragt er tonlos und schaut vorsichtig hoch.

„Keine Ahnung, Chef", antwortet Jensen und hechtet sich mit einem beherzten Sprung ebenfalls auf den Boden.

Wieder bricht ein Spiegel mit lautem Knall. Die beiden Männer wagen nicht sich zu bewegen. Tatenlos müssen sie zusehen, wie ein ganzer Raum in Scherben geht.

Als sich die Tür öffnet und ein Pulk Schaulustiger ins Zimmer drängt, sieht Franka die Gelegenheit für eine Flucht.

Keiner achtet auf die zierliche junge Person, die sich unauffällig nach draußen schiebt.

17. Kapitel

„Aufmachen! Polizei!" Dem ungeduldigen Klingeln folgt ein nachdrückliches Klopfen.

„Was soll denn das, verflucht noch mal?" brummt Hans Lohm verärgert und schaut auf den Wecker. „Es ist drei Uhr!"

„Machen Sie bitte auf! Polizei!"

Er knipst das Licht an und rüttelt sanft seine schlafende Frau.

„Margarete, Liebling, wach auf!"

Missmutig stöhnend schiebt sie seine Hand fort und dreht sich auf die andere Seite.

„Margarete!" Sie öffnet die Augen.

„Herr und Frau Lohm, bitte öffnen Sie die Tür!"

Margarete schluckt. Der für diese Zeit unnatürliche anmutende Lärm traktiert ihr verschlafenes Bewusstsein, lähmt sie, und es dauert eine ganze Weile, bis sie die Situation überschaut.

Verstört wirft sie sich einen Morgenmantel über.

„Ich komme ja schon", ruft sie durch die Tür und öffnet. „Können Sie sich ausweisen?"

„Ja, natürlich: Hauptkommissar Schnabel!"

„Kommissar Jensen ..."

„Wir suchen Ihre Tochter. Ist sie hier?"

„Nein", antwortet Margarete Lohm überrascht. „Franka lebt nicht bei uns. Sie hat eine Wohnung in der Augustinergasse."

„Da waren wir schon, Frau Lohm. Haben sie vielleicht eine Ahnung, wo sie sich sonst noch verstecken könnte?"

„Verstecken?" Hans Lohm rollt mit seinem Rollstuhl an die Tür. „Was hat diese Mädchen denn nun schon wieder angestellt?"

Schnabel und Jensen werfen sich einen vielsagenden Blick zu.

„Wie meinen Sie das, Herr Lohm?"

„Ja, wissen Sie ...", Lohm verstummt, dann schaut er zu seiner Frau hoch: „Willst du die Herren nicht erst einmal herein bitten, Margarete?"

„Ja, natürlich, bitte sehr, meine Herren!"

Margarete Lohm zeigt auf eine geöffnete Tür, durch die ihr Mann gerade davon rollt. Schnabel und Jensen folgen ihm.

„Bitte, nehmen Sie doch Platz! Einen Kaffee?"

„Sehr gern, vielen Dank!"

„Margarete, bitte zwei Kaffee."

Margarete Lohm schließt fröstelnd die Tür, nachdem sie noch einen betrübten Blick zum Mond hinauf geschickt hat.

Widerwillig folgt sie den Anweisungen ihres Mannes und geht in die Küche.

„Was können Sie uns über Ihre Tochter erzählen, Herr Lohm?" fragt Schnabel erwartungsvoll. „Was wissen Sie über ihre psychische Verfassung?"

Hans Lohm überlegt. „Ich weiß nicht so recht, wo ich beginnen soll. Es ist eine lange Geschichte."

„Wir haben Zeit, Herr Lohm", ermuntert ihn Schnabel. „Beginnen Sie am besten ganz am Anfang."

Hans Lohm holt tief Luft.

„Ich kenne das Mädchen seit zwanzig Jahren, habe sie adoptiert, als sie drei Jahre alt war. Sie und ihr Zwilling waren die unehelichen Kinder meiner Frau."

„Zwilling?" mischt sich Jensen in das Gespräch. „Ihre Tochter hat eine Schwester?"

„*Hatte*, meine Herren", erwidert Lohm betrübt. „Franka *hatte* eine Zwillingsschwester. Annette starb vor zwanzig Jahren auf tragische Weise. Ein Schicksal, dem Franka damals nur um Haaresbreite entkommen ist."

Wieder holt er tief Luft und sieht die Beamten herausfordernd an. „Leider ..."

„Leider?" entrüstet sich Jensen. „Was sind sie denn für ein Vater?"

Hans Lohm blinzelt nervös. „Was wissen Sie denn schon, junger Mann?" sagt er leise. „Sie wissen nichts!"

Jensen weicht unwillkürlich zurück, als eisblaue, stechende Augen ihn vorwurfsvoll attackieren.

„Erzählen Sie uns davon", fordert Schnabel, der ebenfalls einen schalen Geschmack im Mund verspürt.

Lohm senkt den Kopf und verzieht schmerzvoll seinen Mund. Eine plötzlich ansteigende Flut von Emotionen überschwemmt die Mauer der Zurückhaltung, sein Körper zuckt, das Kinn zittert, und aus seinen Augen stürzen die Tränen haltlos hervor.

„Entschuldigen Sie bitte", sagt er weinend und schnäuzt sich geräuschvoll die Nase. „Einen Moment noch!" Schweigend sammelt er sich.

Schnabel und Jensen betrachten ihn nun voller Mitgefühl.

„Nehmen Sie sich ruhig Zeit", beruhigt ihn Schnabel. „Wir können warten."

In diesem Moment betritt Margarete Lohm das Zimmer und serviert den Kaffee. Keiner sagt etwas. Kalt liegt der Schatten einer abstrakten Wahrheit in der Luft, die die Anwesenden erschauern lässt.

Die unbeschreibliche Schwermut, die in dieser Stille lastet, ist bedrückend. Trübsinnig schlürfen sie ihren Kaffee und warten ab.

18. Kapitel

„Ich erinnere mich als sei es erst gestern gewesen." Der tiefe Bass einer festen Absicht beendet die nervenzerreißende Anspannung unter den Anwesenden im Haus der Familie Lohm.

Hans Lohm richtet sich auf und beginnt.

„Ich saß an jenem Abend am Tresen meines Stammlokals, als plötzlich die Frau meiner Träume hereinkam. Eine Frau, die mir schon mehrmals im Supermarkt begegnet war, und in die ich mich auf Anhieb verliebt hatte. Sie kam herein und steuerte geradewegs auf mich zu. Mir blieb die Spucke weg."

Er lächelt versonnen.

„Hätte ich sie nicht eines Tages mit ihren Zwillingen gesehen, hätte ich sie früher angesprochen. Wer konnte denn ahnen, dass es bis dahin keinen anderen Mann in ihrem Leben gegeben hatte?"

Schnabel räuspert sich und kratzt sich verlegen am Ohr.

„Das gehört alles zur Sache", versichert Lohm eifrig und erzählt weiter.

„Weinend stand sie vor mir und wusste sich nicht zu helfen. Ihre Töchter seien spurlos verschwunden, klagte sie, und fragte, ob ich ihr nicht helfen könne." Zärtlich betrachtet er seine

Frau. „Sie war selbst in ihrer Hilflosigkeit bezaubernd."

„Ich war außer mir", unterbricht ihn Margarete schroff. Zu schroff vielleicht, grübelt Jensen. „Meine beiden kleinen Mädchen waren aus ihren Bettchen verschwunden, während ich auf dem Speicher die Wäsche aufhängte. Ich wusste nicht, wie ich mich verhalten sollte, irrte suchend durch die Straßen und rief sie immer wieder bei ihren Namen."

Ihre Stimme versagt. Verzweifelt presst sie ihre Hand auf den Mund.

„Margarete war kaum ansprechbar, jammerte und schrie unentwegt nach ihren Töchtern", erzählt Hans Lohm mit monotoner Stimme weiter. „Und während sie sprach, waren ihre tränennassen Augen unablässig auf mich gerichtet. Ich kann Ihnen sagen, meine Herren, das ging zu Herzen. Der Wirt verständigte sofort die Polizei, und ich verließ mit einigen Anderen das Lokal, um nach den Zwillingen zu suchen."

Er schüttelt den Kopf und lacht.

„Ich hatte ziemlich einen in der Krone, wollte die schöne Frau aber keinesfalls enttäuschen. Also suchte ich auf allen Vieren in jedem Gebüsch, in jeder Ecke, auf jedem Hinterhof, tastete mich im Dunkeln vorwärts, und wäre um ein Haar in ein Loch gefallen, wenn mich nicht ein leises Stöhnen aufgehalten hätte. Es war die stockfinstere Ecke eines Hinterhofes, der zu einem unbewohntem Haus gehörte, das am nächsten Morgen gesprengt werden sollte. Gegensätzliche Gefühle aus Angst und Freude lähmten vorerst meinen Tatendrang. Der Schweiß lief mir in Bächen von der Stirn. Ich rief nach Verstärkung, aber keiner hörte mich. Also hockte ich mich an den Rand der Grube und spähte angestrengt hinein. Der Schreck fuhr mir in die Glieder, als ich in zwei braune Augen blickte, die ebenso angestrengt versuchten, das Dunkel der Nacht zu durchbrechen. Blitzartig wurde mir klar, dass es sich um eines der vermissten Kinder handeln musste. Ich griff nach dem kleinen Mädchen. Es schrie gellend! Haben Sie schon einmal ein Kind in Todesangst schreien hören, Herr Hauptkommissar?"

Schnabel lauscht und bewegt sich nicht.

„Ich sag Ihnen, Herr Hauptkommissar: das geht einem durch und durch. Und jeder Versuch, es zu beruhigen, scheiterte kläglich. Es schrie ohne Unterlass. Ich wollte es aus dem Loch ziehen, aber jede meiner Berührungen fügte ihm furchtbare Schmerzen zu. Also ließ ich das Kind, wo es war, verständigte die Ambulanz und wartete, bis die Polizei endlich eintraf. Dann erst kümmerte ich mich wieder um Margarete. Ich wollte ihr wenigstens so lange zur Seite stehen, bis man das zweite Mädchen gefunden hatte."

Hans Lohm verstummt und greift nach der schmalen Hand, die zitternd auf seiner Schulter liegt, bevor er fortfährt.

„Was zu diesem Zeitpunkt keiner wusste: Das andere kleine Mädchen war schon gefunden. Der kleine, leblose Körper wurde zusammen mit Franka aus dem Loch gezogen. Für Annette kam jedoch jede Hilfe zu spät. Beide Mädchen waren schrecklich zugerichtet. Nur eine Bestie konnte so brutal auf ihre kleinen Körper eingeschlagen haben. Dass Franka heute wieder ein hübsches Gesicht hat, ist allein dem Geschick der Ärzte zu verdanken."

19. Kapitel

„Wo soll ich denn jetzt hin?" fragt Franka verzweifelt, als sie einen Streifenwagen vor ihrer Wohnung in der Augustinergasse stehen sieht. „Ich kann doch nicht auf der Straße schlafen!"

Johnny betrachtet sie amüsiert von der Seite. „Warum bittest du mich nicht um Hilfe?" fragt er schmunzelnd. „Ich bin doch dein Freund!"

„Mir kann keiner mehr helfen", erwidert sie mutlos. „Mein Leben ist eine einzige Katastrophe."

„Dann komm mit mir!"

„Niemals", sagt sie schnell. „Auf diese Art von Hilfe kann ich gern verzichten!"

„In diesem Fall gestatte mir wenigstens, dir bei der Suche nach einem gemütlichen Schlafplatz behilflich zu sein."

Er grinst spitzbübisch. „Ich bin vom Fach, das weißt du doch!"

„Aber ich bin kein verdammter Penner", entrüstet sich Franka. „Unter freiem Himmel zu schlafen ist einfach nicht mein Stil!"

„Aber du bist müde und dir ist kalt", gibt Johnny zu bedenken, „und ich weiß einen Ort, wo du ungestört schlafen könntest und obendrein ein Dach über dem Kopf hättest. Wäre das keine akzeptable Hilfe?"

Franka seufzt und gibt sich endlich geschlagen.

„Keine anderen Penner?"

„Nein."

„Und wo ist der Haken?"

„Es gibt keinen." Schweigend folgt sie ihm.

Johnny läuft schnell und zielstrebig. Er drängt durch schmale unbeleuchtete Gassen, von denen Franka nicht einmal gewusst hatte, dass sie existieren. Und bald schon liegt die schlafende Stadt hinter ihnen.

„Ein kleines Stück noch", sagt er aufmunternd und weist auf die Trümmer dicht vor ihnen.

„Was du da siehst, sind die Reste der alten Stadtmauer. Die Stadt selbst fiel um 1540 einer großen Feuersbrunst zum Opfer. Warum man sie später nicht an gleicher Stelle wieder aufgebaut hat, weiß eigentlich keiner so recht zu sagen."

Suchend stelzt er durch das hohe Gras. „Hier irgendwo ... Wo ist es denn?"

„Wonach suchst du?" fragt Franka.

„Nach einer Höhle, dem Überbleibsel eines unterirdischen Ganges, der von hier aus in das Innere der alten Stadt geführt hatte. Ah, hier ist er! Komm her!"

Vor dem finsteren Schlund bleibt Franka stehen.

„Hier?" fragt sie entgeistert, und duckt sich blitzschnell, als ihr ein Schwarm Fledermäuse entgegen flattert.

Johnny lacht vergnügt in sich hinein, während er Reisig und Blätter für ein kleines Feuer zusammenträgt.

„Sie tun dir nichts, die kleinen Flattermänner", sagt er amüsiert. „Sind völlig harmlose Kreaturen."

Hockend versucht er, den trockenen Haufen anzuzünden, wobei er Franka aus den Augenwinkeln heraus mustert.

„Hier war übrigens der Schlafplatz von meinem Freund Kurti", sagt er lauernd. Zu seiner Überraschung zeigt Frankas Gesicht keinerlei Regung. Sie gähnt, sie ist nur müde.

Still lehnt er sich zurück und betrachtet sie nachdenklich. Als das Feuer lodernd brennt, setzt sich Franka stumm zu ihm und sieht in die Flammen.

Johnny beobachtet sie von der Seite. Das züngelnde Feuer spiegelt sich bizarr in ihren Augen, fesselt ihn, lässt ihn nicht mehr los. Fast scheint es, als ob der Feuerschein einen Weg bis tief in ihre Seele gefunden hätte.

„Ich wünschte, mein Leben wäre nur halb so knisternd, hell und warm", sagt sie und seufzt.

„Und wie ist es statt dessen?" fragt Johnny vorsichtig.

„Kalt und dunkel wie das Meer, unberechenbar. Gerade noch verzweifle ich an seinem seichten Geplätscher, da schäumt es auch schon über und löscht alles aus, das ihm begegnet."

„Sollte es nicht so sein, dass das Handeln eines Menschen sein Leben bestimmt und nicht umgekehrt?"

„Bei Leuten, die ihr Leben im Griff haben, vielleicht", erwidert Franka betrübt. „Mit mir macht es aber schon immer, was es will."

„Dann lass es doch hinter dir, und begleite mich in eine bessere Welt."

„Nein."

„Warum denn nicht? Liegt es an mir? Bin ich dir so unsympathisch?"

Franka wendet sich ab und senkt den Kopf.

„Sieh mich bitte an", sagt er sanft. „Liegt es an mir?"

Frankas Lider flattern nervös, aber sie sagt kein Wort.

„Ich mag dich doch auch", flüstert er freudestrahlend. „Und das mehr, als mir lieb sein dürfte." Sein Gesicht ist dem ihrigen jetzt ganz nahe.

Sie fühlt seinen Atem auf ihrer Haut, sieht die Verwegenheit in seinen Augen. Und wieder spürt sie eine warme Welle jenseits des Bauchnabels. Verstört rückt sie ein Stück weg.

„Was ist? Fürchtest du dich vor mir?" fragt Johnny heiser und seine Augen blicken begehrlich. „Oder fürchtest du dich vor der prickelnden Hitze zwischen deinen Schenkeln?"

Franka errötet bis an die Haarwurzeln.

„Johnny, bitte nicht ...!" Sie presst ihre Handflächen abwehrend gegen seine Brust.

„Fürchtest du dich vor der Liebe, Franka?"

Johnny springt auf und zieht sie fest in seine Arme.

Atemlos lässt sie es geschehen. Sie spürt die Wärme seines Körpers, das beruhigende Streicheln seiner Hände und schließt überwältigt die Augen.

Und plötzlich fühlt sich Franka frei. Frei von jeder Angst. Tränen drücken sich durch die Wimpern, und sie schmiegt sich noch enger an Johnny. Haltlos weint sie ein befreiendes Weinen und Johnny lässt sie gewähren.

20. Kapitel

Im Hause der Familie Lohm sitzen vier müde Menschen mit faden Gesichtern im ungemütlich hell erleuchteten Wohnzimmer und schweigen sich an.

Hauptkommissar Schnabel erhebt sich träge. „Ich glaube, wir sollten für heute …"

Die Müdigkeit liegt nicht nur bleiern auf seinen Gliedern, sondern auch auf seinem Geist. Seit einer halben Stunde ist ihm keine passende Frage mehr eingefallen.

„Woran erkannten Sie damals, dass Franka den Anschlag überlebt hatte, und nicht Annette?" fragt Jensen plötzlich.

Schnabel hebt erstaunt seinen Kopf und nickt anerkennend.

„Interessante Frage", murmelt er und lässt sich schwerfällig zurück aufs Sofa fallen.

Die Eheleute Lohm wechseln einen irritierten Blick.

„Weil es das erste war, was sie im Krankenhaus gesagt hat", erwidert Hans, während Margarete eifrig nickt.

Schnabel wird hellhörig. Plötzlich ist er wieder putzmunter. Wenn er seinem Bauchgefühl trauen darf, dann umgibt ein Sumpf von Ungeheuerlichkeiten diese vermeintlich unbescholtene Familie. Es ist zwar nur ein Gefühl, ein abstraktes, ein ungutes Gefühl, aber es drängt sich mit Gewalt auf.

„Ist Ihnen eigentlich bekannt, dass Ihre Tochter eine ungewöhnliche Beziehung zu ihrem Spiegelbild hat", fragt er. „Franka sieht in ihm nicht sich, sondern eine eigenständige Person, die sie liebevoll mit ‚Franka' anspricht. Sollte sie wirklich nichts von ihrer Schwester wissen?"

„Es hat bisher nie ein Anzeichen dafür gegeben. Auch Professor Eichinger …"

„Professor Eichinger? *Der* Professor Eichinger etwa?" fragt Jensen erstaunt.

„Ja", antwortet Margarete tonlos. „Er ist jahrelang der behandelnde Arzt unserer Tochter gewesen. Sie war eine Zeit lang geistig instabil."

„Geistig instabil, also." Schnabel sieht bedächtig in die Runde. „Warum haben Sie ihr nie von ihrer Schwester erzählt?"

Hans Lohm zuckt mit den Schultern.

„Das weiß ich heute nicht mehr so genau zu sagen. Anfangs sicher aus Rücksicht auf ihren Zustand. Sie war ja lange krank gewesen. Später dann haben wir es einfach nicht mehr für wichtig erachtet. Es gab so viele andere Dinge, die uns beschäftigten, denn Franka entwickelte sich keineswegs normal. Ihre Feindseligkeit und Bösartigkeit mir gegenüber zwangen uns schon bald dazu, klare Maßnahmen zu ergreifen."

„Und wie sahen die aus?"

„Wir ließen sie in ein Heim einweisen, nachdem ein Zusammenleben unmöglich geworden war."

„Sie haben sich ihr krankes Kind einfach vom Hals geschafft, anstatt ihm zu helfen?" fragt Jensen entgeistert.

„Dem Kind war nicht mehr zu helfen", wehrt sich Margarete lautstark und springt auf. „Sie haben ja keine Ahnung, was wir durchgemacht haben."

„Dann erklären Sie es", sagt Schnabel ruhig und verschränkt die Arme über seine Brust. „Wir sind ganz Ohr!"

Hans greift nach seiner Frau und bedeutet ihr, sich wieder hinzusetzen. Mit traurigen Augen sieht er Schnabel an.

„Wenn Sie wirklich nicht wissen, was vor zehn Jahren hier vorgefallen ist", sagt er, „dann haben Sie Ihre Hausaufgaben nicht besonders ordentlich gemacht, meine Herren."

Schnabel lächelt.

„Fahren Sie bitte fort, Herr Lohm. Die Höflichkeitsfloskeln können wir überspringen."

„Das Verhältnis zwischen Franka und mir stand von Anfang an unter keinem guten Stern. Sie bekam hysterische Anfälle, wenn sie mich nur sah. Und auch, wenn sie sich im

Laufe der Jahre an meine Gegenwart gewöhnte, so lehnte sie mich doch nach wie vor ab. Unser Zusammenleben gestaltete sich deshalb alles andere als erfüllend. Aber ich konnte damit leben. Ich ertrug ihre Feindseligkeit genauso wie die Apathie, bis ..., ja bis sie eines Tages durchdrehte."

Mit einer nervösen Geste fährt er sich über die schütteren Haare und schluckt hart.

„Was ist geschehen?" fragt Schnabel.

„Sie wollte mich töten, diese Irre! Mit einer Schaufel hat sie versucht mich zu erschlagen, nachts, als alles schlief. Dabei wollte ich ihr doch nur ein guter Vater sein!" Undeutlich stolpern die Worte über seine Lippen, und plötzlich verändert sich seine Haltung.

Hasserfüllt blickt er auf und Jensen gerinnt das Blut in den Adern. Eisblaue Augen brennen sich zischend in sein Fleisch.

„Ich hatte dieses Mädchen satt! So satt! Ich konnte und ich wollte es nicht mehr ertragen! Sehen Sie mich an! Einen Krüppel hat sie aus mir gemacht! Das Kind, dem ich einst das Leben gerettet habe, hat mein Leben zerstört!"

21. Kapitel

Margarete Lohm schließt das Schlafzimmerfenster, lässt die Rollläden herunter und legt sich zu ihrem Mann ins Bett.

„Versuche zu schlafen, Hans", sagt sie und haucht ihm einen Kuss auf die Wange.

„Wird uns die Vergangenheit immer wieder einholen, Margarete? Werden wir denn niemals zur Ruhe kommen?"

„Mach die Augen zu, mein Lieber. Die Tabletten werden gleich wirken." Sie nimmt seine Hand und löscht das Licht.

Wenig später ist Hans Lohm tatsächlich eingeschlafen. Seine gleichmäßigen Atemzüge beherrschen den dunklen Raum.

Mit Augen, die sich inzwischen an das Dunkel gewöhnt haben, starrt Margarete an die Decke. Ausdruckslos schaut sie in sich hinein, schaut in den Abgrund.

Und wieder denkt sie an die Nacht vor zehn Jahren, als furchtbare Schreie, die nur entfernt an die Stimme von Hans erinnerten, sie aus dem Schlaf gerissen hatten.

Sie erinnert sich an die klebrigen Spritzer in ihrem Gesicht, an das triefende Deckbett. Die eingeschaltete Nachttischlampe offenbarte Grauenhaftes.

Franka stand blutverschmiert und am ganzen Körper zitternd vor dem Bett von Hans. Schlagartig ließ sie die Schaufel fallen, die sie ausholend in den Händen gehalten hatte. Margarete hatte nicht gewagt, in das Bett neben sich zu sehen. Aus den Augenwinkeln konnte sie jedoch wahrnehmen, dass Hans sich nicht mehr bewegte.

Schreiend war sie aus dem Haus gelaufen. Von den Nachbarn aus hatte sie dann die Polizei verständigt.

Ihrer Tochter beizustehen war ihr damals genau so wenig in den Sinn gekommen, wie es ihr später nie einfiel, sie in der Einrichtung zu besuchen, in der man sie bis zu ihrem achtzehnten Lebensjahr betreut hatte.

Lange hatte sie geglaubt, dass ihre eigene Gewissenlosigkeit nicht nur besser für sie selbst, sondern auch für Franka sei. Doch als das Gewissen sich Jahre später wieder meldete, erkannte sie, dass sie nicht unwesentlich an der Fehlentwicklung ihres Kindes mitgewirkt hatte.

Doch alle Einsicht kam zu spät!

Franka war inzwischen eine erwachsene Frau geworden. Sie würde zwar nicht mehr die Wärme ihrer Mutter brauchen, aber eine eigene Wohnung und Lebensmittel. Und dafür sorgte Margarete aufopfernd. Sie hatte tatsächlich geglaubt, dadurch alles wieder gutmachen zu können. Und nun? Nun wurde *ihre* Franka wegen Mordes gesucht. Hatte denn das arme Kind je eine Chance gehabt, ihrem Leben einen Sinn zu geben?

22. Kapitel

Der helle Streifen am Horizont kündigt von der Dämmerung des neuen Tages. Endzeitstimmung beherrscht die Atmosphäre.

Nie ist die Welt so still wie in dieser Stunde, einer vermeintlich toten Stunde. Alles schläft. Die Einen endlich, Andere noch immer. Selbst der Vogel, der sein Gezwitscher erhebt, sobald ein heller Stahl auf sein Gefieder trifft, hält sein müdes Köpfchen noch im wärmenden Flaum vergraben.

Das ist die Stunde, in der mancher ruhelose Geist an der Frage nach dem Sinn des Lebens zerbricht, in der das Wort ‚endgültig‘ einen Lebensmüden nicht mehr abschreckt.

Es ist die Stunde, in der Vernunft nichts ausrichten kann, in der Gefühle häufig Achterbahn fahren.

In der Höhle am Rande der Stadt hat das Feuer aufgehört zu lodern. Graue Asche verdeckt einen Rest glimmender Glut.

Johnny sitzt mit dem Rücken an die Wand gelehnt in der hintersten Ecke der Höhle und betrachtet das schlafende Mädchen vor sich.

Rastlos wandert sein Blick über den schlanken Körper hinweg, den Rücken, den Po. Ihm gefällt, was er sieht. Der Schritt ihrer nicht zu engen Jeans ist weit nach oben gerutscht. Ein Anblick, bei dem seine Glocken zu klingen beginnen. Wunderschön hallt der Ton durch die Dämmerung und versetzt schlaffe Glieder in ein vibrierendes Verlangen.

Franka öffnet langsam ihre Augen.

„Komm zu mir", haucht sie. „Komm her und halte mich ganz fest. Ich fühle mich unendlich allein."

Bereitwillig sinkt Johnny in ihre ausgebreiteten Arme und genießt den Rausch des Augenblicks: Hände streicheln dort, wo es am schönsten ist, Münder verschlingen, was ihnen vor die Lippen kommt und erhitzte Körper glühen, brennen, explodieren.

Laut stöhnend begrüßen Franka und Johnny den neuen Tag, um wenig später völlig erschöpft in einen erholsamen Schlaf zu fallen. Als sie endlich wieder erwachen, steht die Sonne bereits hoch am Himmel.

Vogelzwitschern vermischt sich mit dem Lärm der Stadt, den der Wind herüber trägt.

Franka liegt noch immer in Johnnys Armen. Ein seliges Lächeln umspielt ihren Mund.

„Guten Morgen, Liebes", raunt Johnny in ihr Ohr. „Wie geht es dir?"

„Wunderbar, Johnny", sagt sie zärtlich. „Mir ging es nie besser. Und deshalb habe ich mich entschlossen, mit dir zu gehen, sobald …"

Ungestüme Küsse verschließen ihren Mund, sie will sich wehren, protestieren. Stattdessen öffnet sie die Lippen und die Beine.

Eine Welle des Glücks trennt beide vom Rest der Welt, um ihre Körper erneut zu vereinen, erfüllend zu erschöpfen.

„Wann?" fragt Johnny später.

„Was, wann?" Franka strahlt selig und sieht ihm verliebt in die Augen. „Wann gehen wir?"

„Sobald ich mich von meiner Mutter verabschiedet habe", antwortet sie zärtlich.

„Aber das ist Wahnsinn!" Johnny richtet sich auf. „Du kannst unmöglich bei deinen Eltern auftauchen, ohne dass dich die Bullen hopsnehmen. Darauf warten die doch nur!"

„Dann werden wir eben bis zum Abend hier ausharren", erwidert sie und bewegt aufreizend ihre Hüften. „Obwohl ich denke, dass sie schon längst nicht mehr auf mich warten."

„Wie kommst du denn auf dieses schmale Brett?" fragt Johnny gereizt.

„Ganz einfach: Mein Vater wird ihnen erklärt haben, dass seine Tochter nicht auftauchen wird, weil sie zu Hause nicht willkommen ist."

„Nicht willkommen?" Johnny legt sich nieder und zieht Franka in seine Arme. „Wieso bist du zu Hause nicht willkommen?"

„Wenn ich das nur wüsste", seufzt sie. „Mein ganzes Leben ist ein Rätsel. Alles in ihm erscheint so unwirklich, so künstlich. Mit meiner Kindheit verbinde ich keinesfalls Gefühle wie Geborgenheit, Unbeschwert sein und Glück."

„Sondern?"

„Einsamkeit, Trostlosigkeit, Angst und Verlust", antwortet sie bekümmert. „Irgendwie gehöre ich nicht in diese Welt."

„Und welche Rolle spielt deine Mutter dabei?"

„Ich liebe sie, sie ist meine Mutter!"

„Aber was tut sie für dich?"

„Sie bezahlt mir die Wohnung, den Unterhalt ..."

„Und weiter?"

„Sie hat mir meinen ersten Spiegel geschenkt."

Johnny runzelt die Stirn. „Die andere Franka?"

„Ja, Franka. Sie ist meine beste Freundin geworden."

„Aber sie ist nur dein Spiegelbild", tadelt er sie liebevoll. „Sie ist nicht real."

„Das bist du auch nicht", erwidert Franka verärgert. „Und trotzdem meinst du, mir gute Ratschläge geben zu müssen!" Sie will sich aus der Umarmung befreien, aber Johnny hält sie fest.

„Verzeih mir", sagt er schnell. „Ich wusste ja nicht, wie wichtig sie dir ist. Bitte erzähle mir von ihr!"

Franka entspannt sich und Johnny kann fühlen, wie gern sie in seinen Armen liegt.

„Mein Leben begann mit dem Blick in den Spiegel. Für Professor Eichinger war es ein Wunder gewesen, meinen Verstand aufleuchten zu sehen, nachdem ich in den Spiegel geschaut hatte. Bis dahin glaubte nämlich jedermann, ich sei geistig behindert."

Franka lacht, aber es ist kein fröhliches Lachen, und Johnny drückt sie noch fester an sich.

„Sie ist viel mehr, als nur ein Abbild meiner selbst. Ich sehe in ihr die Ergänzung meines Ichs. Auf wundersame Weise vermag sie die Lücken meiner unvollendeten Persönlichkeit zu füllen. Sie beschönigt und bereinigt mein sonst so unvollkommenes Dasein. Sie macht mich froh."

Johnny schluckt hart und wischt sich eine Träne aus dem Gesicht. „Mein armer, kleiner Schatz", sagt er gerührt. „Ab heute bin ich für dich da, und ich werde nicht zulassen, dass man dich jemals wieder verletzt."

23. Kapitel

Eine ganze Stadt hält den Atem an, als die Morgenzeitungen detailliert über den Mord an Johann Seliger, das Geständnis der jungen Franka L. und ihre Flucht in der gleichen Nacht berichtet.

Die friedliche Beschaulichkeit dieser Stadt ist nur noch Fassade, denn unter der hübsch getünchten Oberfläche brodelt ein explosives Gemisch aus Wut und Verzweiflung.

Ganz besonders betroffen sind natürlich die Obdachlosen selbst. Nur ein Thema bewegt ihre Gemüter: Die neuerliche Ermordung zwei ihrer Kameraden.

Angst geht um im Milieu: Wer von ihnen wird der Nächste sein?

Futter für die wachsende Angst liefern die Zeitungen heute zur Genüge.

Die Mörderin ist identifiziert. Ist das schon ein Grund zur Freude? Weit gefehlt! Jeden Moment könnte diese entflohene Wahnsinnige ja erneut zuschlagen!

Um dieses Risiko jedoch so klein wie möglich zu halten, haben die potentiellen Opfer beschlossen, bis auf weiteres in größeren Gruppen zusammen zu bleiben. In der Fußgängerzone lungern deshalb heute etwa ein Dutzend von ihnen herum. Sie reden miteinander, dösen vor sich hin oder prosten sich zu.

Als ein Angestellter von der Stadtreinigung mit einem Multi Car an ihnen vorbei fahren will, aber nicht kann, verzieht er verächtlich seinen Mund.

„Schert euch vom Acker, ihr Penner!" Doch der wimmelnde Haufen reagiert nicht. Wütend springt der hagere Mann aus dem Auto.

„Ihr sollt endlich Platz machen, verdammt noch ..." Der Satz bleibt ihm im Halse stecken. „Was soll diese Sauerei hier bedeuten?" entrüstet er sich und zeigt auf die vielen Scherben vor seinen Füßen. „Und dort!"

Aufgebracht rauft er sich die grauen Haare. Einer von denen hatte sich doch ausgerechnet mitten auf dem Weg übergeben müssen.

„So eine Sauerei!" Er flucht und schaut auf die Uhr. Gerade Zehn vorbei! Sein anstrengender Arbeitstag hatte vor sechs Stunden damit begonnen, die Fußgängerzone vom Schmutz des Vortages zu befreien! Vor sechs Stunden, als dieses Ungeziefer hier noch friedlich seinen Suff ausschnarchte!

„Hier, ihr Dreckschweine, räumt das auf", herrscht er sie nun böse an. „Sofort!" Seine kleinen Augen funkeln gefährlich in dem vor Wut überschäumendem Gesicht, was die Penner jedoch überhaupt nicht zu beeindrucken scheint.

Sich ihrer Überzahl bewusst, lachen sie ihn höhnisch aus, und werfen noch eine leere Flasche auf den Boden, die splitterspritzend auseinander bricht.

Als der Hagere einen von ihnen am Arm packt, wendet der ihm das vom Alkohol aufgedunsene Gesicht zu, und entblößt gehässig grinsend übel riechende braune Zahnstummel. Angewidert lässt ihn der Hagere los.

„Ihr müsst euch nicht wundern, wenn man euch abschlachtet wie Vieh, solange ihr euch benehmt wie Vieh", sagt er scharf.

Augenblicklich ist es still.

Das Grinsen auf den verstellten Gesichtern weicht jener Angst, die sie für wenige Augenblicke vergessen hatten.

Nun ist es der Angestellte der Stadtreinigung, der höhnisch lacht. Genießerisch weiden sich seine Blicke an der Furcht dieser Kreaturen.

Er geht näher an die Gruppe heran und nimmt, wenn auch nur am Rande, den widerlichen fäkalen Geruch wahr.

„Wisst Ihr, ich bin jedem dankbar, der mir die Arbeit des Schlächters abnimmt", flüstert er böse, während sich sein Hals vor Ekel zusammen zieht. „Nur ein toter Penner, ist ein guter Penner!"

Entsetzt weichen die Obdachlosen zurück.

„Und jetzt", zischt er böse, „lasst mich endlich vorbei!"

Still vergnügt setzt er sich in sein Auto und fährt an der Gruppe vorbei, die ihm fassungslos ausweicht und hinterher sieht.

24. Kapitel

Im Polizeirevier geht es inzwischen drunter und drüber. Die ungeheuerliche Tatsache, dass die Presse scheinbar über alle Details von Festnahme und Flucht der vermeintlichen Obdachlosenmörderin Bescheid weiß, versetzt ein ganzes Haus in helle Aufregung.

„Die Ringfahndung nach Franka Lohm läuft, Herr Kriminalrat!"

„Und sie ist definitiv die fünffache Mörderin?" fragt Krüger skeptisch.

„Definitiv", antwortet Schnabel überzeugt. „Sie hat den Mord an Johann Seliger gestanden, und es wäre nur eine Frage der Zeit gewesen, bis …"

„Reine Spekulation", wirft Jensen dazwischen. „Über die anderen Morde wissen wir bis jetzt nicht das Geringste! Natürlich kommt sie als Täterin in Frage. Aber in Frage kommen auch viele andere. Weißt du noch?" Er stößt Kriminalrat Krüger an. „Vor fünfzehn Jahren erzähltest du mir von einem Mann, der bei der Stadtreinigung in Frankfurt angestellt war, und im Laufe der Zeit zwölf Obdachlose erschlagen hat, weil sie das Stadtbild verschandelten … weißt du noch?"

„Junge", erwidert Krüger. „Das kannst du doch nicht vergleichen! Immerhin haben wir jetzt ein unterschriebenes Geständnis."

„Aber nur für den Seliger-Mord", entgegnet Jensen schnell. „Es ist ja nicht so, dass ich Franka Lohm von der Liste der Verdächtigen streichen will, aber wir sollten dennoch weiterhin in andere Richtung ermitteln."

„Das könnte Ihnen gefallen, was?" zischt Schnabel wütend durch die Zähne. „Anscheinend geht Ihnen die Ermittlungsarbeit zu schnell voran."

„Was soll denn das heißen?" erwidert Jensen aufgebracht.

„Das soll heißen, dass wir ohne Ihre ständigen Verzögerungsversuche längst am Ziel wären. Es heißt nichts anderes, als dass Sie meine Arbeit von Anfang an boykottiert haben!"

„Ist das wahr, Torsten?" fragt Krüger streng.

„Natürlich ist es wahr", wütet Schnabel weiter, und die winzigen geplatzten Äderchen auf seinen Wangen und den Nasenflügeln, die auf einen übermäßigen Genuss von Alkohol hinweisen könnten, leuchten dunkler denn je. „Ihr Neffe stellt meine Kompetenz in Frage und ignoriert meine Weisungen. Seine Ambition ist es, durch Diskreditierung seines vorgesetzten Kollegen auf dessen Stuhl zu gelangen."

„Und Sie trinken zu viel!", höhnt Jensen, fängt aber sofort einen strafenden Blick von Krüger.

„Schnabel, sagen Sie: Reden Sie sich da nicht etwas ein?" fragt dieser verwundert. „Es ist doch nur allzu verständlich, dass sich ein junger Mensch profilieren möchte. Ihm aber gleich Diskreditierung vorzuwerfen! Geht das nicht zu weit?"

„Nein, nein, nein", ereifert sich Schnabel. „Hören Sie in die Bänder des Reviers, auf denen sämtliche Gespräche der letzten Nacht aufgezeichnet wurden: Ihr Neffe arbeitet nicht an diesem Fall, um sich zu profilieren, er benutzt ihn vielmehr dazu, mich fertig zu machen. Damit nimmt er die Ermordung weiterer Menschen mutwillig in Kauf."

Wild gestikulierend redet er sich immer mehr in Rage. „Und immer kehrt er seine Sonderstellung heraus", fügt er am Ende noch schnaufend hinzu.

„Das ist nicht wahr", protestiert Jensen. „Nie habe ich auch nur einmal ..."

„Haben Sie doch!"

Kriminalrat Krüger hebt überrascht seine Augenbrauen.

„Torsten!" In dem Ausdruck seines Gesichtes vereinen sich Unglaube und

Enttäuschung. „Dein Ehrgeiz in allen Ehren, aber ..."

„Nur, weil ich seine Engstirnigkeit nicht teile?" fragt Jensen trotzig. „Gesetzt den Fall, wir konzentrierten uns nur auf Franka Lohm, und im Nachhinein stellt sich dann doch heraus, dass es noch andere Täter gibt? Wo, so frage ich dich, finden wir dann noch brauchbare Spuren?"

„Und was ist, wenn sich im Nachhinein herausstellt, dass sie unsere Serienmörderin ist?" fragt Schnabel höhnisch. „Was, wenn sie aufgrund Ihrer Verzögerungstaktik, Herr Kollege, noch einen Mord begehen kann?"

„Das sind doch alles nur haltlose Spekulationen!"

„Nein", mischt sich Krüger ein. „Ich glaube, dass Hauptkommissar Schnabel Recht hat."

„Aber ..."

„Nichts *aber*, Torsten, der Fall ist zu heiß geworden. Keine Experimente mehr! Die Pressekonferenz ist bereits für morgen angesetzt. Die kleinste Panne noch und ich verbrenne mir womöglich meinen Allerwertesten!"

Aus den Augenwinkeln heraus sieht er, wie die Schultern von Schnabel vor Belustigung hüpfen. „Und das würden Sie dann hautnah zu spüren bekommen, Herr Hauptkommissar", fügt er scharf hinzu.

Kriminalrat Krüger entlässt die beiden Männer ohne ein weiteres Wort.

Während Schnabel in die Kantine geht, begibt sich Jensen an das nächste Telefon.

„So, nun erst recht", flüstert er während es klingelt. „Professor Eichinger? Guten Tag! Kriminalpolizei, Jensen hier. Könnte ich mich mit Ihnen treffen? Sagen wir in einer halben Stunde? Danke! Bis dann also. Wiederhören!"

25. Kapitel

„Meine Schweigepflicht als Arzt verbietet es mir, ohne Einwilligung des Patienten über Diagnose und Behandlung zu sprechen"; sagt Professor Eichinger freundlich distanziert, als er Jensen im Foyer seines Hauses begrüßt. „Fragen allerdings, die darüber hinausgehen, werde ich selbstverständlich gern beantworten", fügt er lächelnd hinzu. „Bitte setzen Sie sich doch. Was wollen Sie wissen?"

„Alles, was Sie mir über Franka Lohm sagen dürfen", erwidert Jensen und legt ihm ihr Geständnis auf den Tisch. „Bitte, lesen Sie! Damit steht außer Zweifel, dass Fräulein Lohm diesen Mann getötet hat. Das Gericht wird zu gegebener Zeit zu prüfen haben, ob sie zum Zeitpunkt der Tat überhaupt schuldfähig gewesen ist."

„Was ich auf den ersten Blick verneinen würde", murmelt der Professor, bereits in das Papier vertieft.

„Darum geht es mir nicht."

„Nein?" fragt der Arzt erstaunt. „Worum geht es Ihnen dann?"

Jensen holt tief Luft.

„Sie haben von den Morden an Obdachlosen gehört oder gelesen?"

Professor Eichinger nickt.

„Glauben Sie, dass Franka Lohm als Täterin in Frage kommen könnte?"

„Nein", erwidert Professor Eichinger sehr schnell und sehr ruhig. „Franka Lohm ist nicht gewalttätig."

„Da habe ich aber etwas Anderes gehört", entgegnet Jensen.

Der Professor nickt: „Die Sache mit ihrem Vater, ja. Sie glauben ja gar nicht, wie sehr mich dieses buchstäblich von Anfang an gestörte Verhältnis der Beiden beschäftigt hat. Da will ein Mann nichts anderes sein, als ein guter Vater und bezahlt dafür beinahe mit seinem Leben. Eine verzwickte Geschichte, fürwahr, aber dennoch nicht unerklärbar."

„Sie haben eine Theorie?"

Wieder nickt der Professor. „Und die ist sogar ganz einfach! Als Franka in jener furchtbaren Nacht aus dem ihr zugedachten Grab blickte, wen sah sie da zuerst? Natürlich Hans Lohm! Er war gekommen, um sie zu retten. Doch das Kind war so verängstigt, dass es in dem ihm unbekannten Gesicht ein böses Gesicht zu sehen glaubte. In seinem traumatisierten Geist mutierte der Lebensretter zu seinem Peiniger."

„Und deshalb der Mordanschlag Jahre später?"

„Möglicherweise", stimmt Jensen ihm nachdenklich zu.

„Hat sie denn nie erfahren, was sich in jener Nacht wirklich zugetragen hatte?"

„Nein. Ihre Mutter lehnte eine dahingehende Therapie ab, was ich natürlich zu jener Zeit sehr bedauert habe."

„Aber verstanden haben Sie es doch, oder nicht? Schließlich hatte das Kind genug gelitten", gibt Jensen zu bedenken.

Professor Eichinger wiegt bedächtig abwägend seinen Kopf.

„Ja, Herr Kommissar, wissen Sie, das ist so eine Sache! Nach der Lage der Dinge glauben wir fest daran, dass das Kind der Polizei bei der Aufklärung dieses Verbrechens behilflich sein könnte. Es war immerhin Augenzeuge des Mordes an seiner Schwester. Wir waren so zuversichtlich, nur vereitelte die Mutter unser Vorhaben. Sie beschützte ihr Kind wie eine Tigerin und verwies stattdessen auf den Vater der beiden Kinder als möglichen Täter."

„Und dem konnte man natürlich nichts nachweisen."

„Schlimmer noch! Er konnte nicht einmal befragt werden."

„Wieso nicht? War er bereits tot?"

Professor Eichinger schüttelt seinen weißen Schopf.

„Die Zwillinge wurden geboren, nachdem ein Unbekannter die damals sechzehnjährige Margarete Heidemann vergewaltigt hatte."

„Ach, du große Scheiße! Mir schwant nichts Gutes."

„Nein, junger Freund", fällt ihm der Professor ins Wort. „Da Franka bis heute auch davon nichts weiß, ist es auszuschließen, dass sie einen Rachefeldzug gegen das männliche Geschlecht führt."

„Ich entsinne mich aber, in der Akte des vorletzten Opfers über eine versuchte Vergewaltigung gelesen zu haben?"

„Nein, nein, nein! Diese Spur bringt Sie in dem Fall nicht weiter. Der Hass des Mädchens bezieht sich einzig und allein auf ihren Vater." Er zeigt auf das Geständnis. „Und hier steht es: ‚... furchtbare kalte Augen, die mich schon mein ganzes Leben lang begleiten, mich ängstigen und Alpträume hervorrufen.'" Eichinger blickt auf, als der Professor weiter ausführt: „Augen, die zweifelsfrei zu Hans Lohm gehören. Hatten Sie bereits Gelegenheit, ihn kennen zu lernen?"

Jensen nickt und spürt erneut den eiskalten Schauer, der ihm beim Anblick der hasserfüllten Augen über den Rücken gelaufen war.

„Wie ich hier lese, hatte Johann Seliger ebenfalls helle stechende Augen. Das könnte die verbindende Gemeinsamkeit sein", sagt Eichinger grübelnd. „Oder waren die anderen Opfer auch blauäugig?"

„Nein", erwidert Jensen. „Sie hatten ausnahmslos braune Augen."

„Dann kommt Franka Lohm als ihre Mörderin nicht in Frage", beschließt Doktor Eichinger überzeugt. „Ich kenne sie gut. Sie tötet nicht aus Spaß."

„Danke, Herr Doktor. Das wollte ich eigentlich nur bestätigt wissen", sagt Jensen und erhebt sich.

Er kann sich ein leise aufwallendes Triumphgefühl kaum unterdrücken, wobei er sich im gleichen Moment klarmachen muss, dass die Arbeit nun erst anfängt. Denn im eigentlichen Fall, der Aufklärung zahlreicher Obdachlosenmorde, ist er keinen Schritt vorangekommen. Noch immer gibt es keine heiße Spur.

„Sagen Sie, Herr Professor, wenn Sie Franka Lohm wirklich so gut kennen, dann können Sie mir sicher noch zwei letzte Fragen beantworten."

„Aber gern."

„Warum, glauben Sie, redet sie mit ihrem Spiegelbild, als wäre es eine eigenständige Person?"

„Sie wird sich unbewusst an ihre Schwester erinnern", sagt der Doktor lächelnd. „Franka war immerhin ihr eineiiger Zwilling. Ein Mensch, mit dem sie schon im Mutterleib auf engstem Raum zusammen war. Den Schmerz, den ein Zwilling deshalb beim Verlust seines Gegenstückes empfindet, werden wir nie nachempfinden können. Wir können es höchstens erahnen, wenn wir uns vorstellen, dass eineiige Zwillinge in ihrer Zweisamkeit dennoch stets Eins bleiben."

„Ich gebe zu, Herr Doktor, die Frage war nicht besonders schwer zu beantworten. Jeder, der mit dem Lebenslauf dieses Mädchens einigermaßen vertraut ist, wäre darauf gekommen. Aber hören Sie nun meine zweite Frage!"

Jensen hebt herausfordernd seinen Zeigefinger.

„Wenn das Unterbewusstsein Schuld daran ist, dass Franka Lohm in ihrem Spiegelbild die Schwester wiedererkennt: Warum spricht sie sie mit Franka an?"

„Weil ..." Doktor Eichinger bricht ab. Entsetzt zeichnet sein Gesicht. „Mein Gott! das würde ja bedeuten ...!"

26. Kapitel

Schwer atmend kämpft ein spätsommerlicher Tag gegen die frühherbstlich frischer Nacht - die Abenddämmerung zieht sich zäh wie Kautschuk dahin. Aber es kündigt sich an: bald ist der Kampf ausgekämpft, ein Sommertraum ausgeträumt.

Das ist die Zeit, in der die Welt einem Sündenpfuhl gleicht. Tag und Nacht buhlen miteinander, anstatt sich voneinander abzugrenzen. Stürmisch lieben sie sich und benetzen die Landschaft mit ihren Säften.

Triste feuchte Monate, Schattenmonate, brechen an.

Doch noch hält der Sommer das Zepter in der Hand. Noch!

Franka und Johnny laufen schweigend nebeneinander her und lauschen dem Gesang der Vögel. Irgendwann bleibt Franka stehen.

„Wir sind am Ziel", sagt sie feierlich und zeigt auf ein hübsches kleines Haus, von dem sie nur noch durch eine vier Meter breite Straße entfernt sind.

„Ich werde bloß schnell hineingehen, um mich zu verabschieden. Bitte warte hier auf mich!"

Sie küsst Johnny sanft die Nasenspitze und hebt gerade an die Straße zu überqueren, als die Tür des elterlichen Hauses geöffnet wird.

Blitzschnell verbirgt sich das Paar hinter einem Baum, von wo sie die beiden Kriminalbeamten Schnabel und Jensen gut sehen können, die gerade dabei sind, sich von Frankas Eltern zu verabschieden.

„Das war knapp", flüstert Johnny tonlos.

„Und was machen wir jetzt?"

„Psst!" Johnny hält Franka seinen Zeigefinger auf den Mund. „Kein Wort mehr, bitte!"

Sein flehender Blick erwärmt ihr Herz und sie reicht ihm ihren Mund für einen gehauchten Kuss.

„Wenn Ihre Tochter hier auftauchen sollte ..." Die Stimme halt zu ihnen und unterbricht den intimen Moment. Neugierig schauen Franka und Johnny auf die andere Straßenseite.

„Wenn sie hier auftauchen sollte, Frau Lohm, Herr Lohm, dann benachrichtigen Sie uns bitte sofort! Halten Sie sie fest, schließen Sie sie ein oder sonst was. Aber helfen Sie uns, damit wir ihr helfen können!"

„Helfen?" schrillt Margarete Lohm aufgebracht. „Sie wollen ihr helfen, indem Sie sie wieder einmal wegsperren? Das ist ja wohl ein Witz!"

„Frau Lohm", unterbricht sie Schnabel hart. „Sie scheinen den Ernst der Lage nicht zu begreifen! Ihre Tochter ist eine Mörderin! Mein Kollege, Herr Jensen, hat mit Professor Eichinger gesprochen."

„Was haben Sie?" fragt Margarete entsetzt. Der Blick, den sie jetzt Jensen zuwirft, verspritzt Gift und Galle. „Wer gibt Ihnen das Recht, in der Vergangenheit anderer Leute herum zu wühlen?"

„Die Umstände, Frau Lohm", erwidert Jensen schnell. „Die Umstände."

„Die Umstände ...?" Sie schnappt nach Luft.

„Und wissen Sie, was Professor Eichinger gesagt hat?" Fährt Jensen ungerührt fort, ohne eine Miene zu verziehen. „Er sagte, dass gerade Sie es gewesen sind, die durch ihre falsch verstandene Mutterliebe verhinderte, dass man Franka damals nach dem Tathergang befragen konnte. Dass Sie zudem dafür verantwortlich sind, dass Franka niemals erfuhr, was sich vor zwanzig Jahren zugetragen hat. Zu welchem Preis, Frau Lohm?" Er sieht sie herausfordernd an. „Zu welchem Preis, Frau Lohm?" Seine Stimme ist nun kaum mehr als ein Flüstern: „Unter anderen Umständen wäre der Mörder von Annette vielleicht gefunden worden. Und vielleicht wäre Franka nicht psychisch erkrankt."

„Zumindest hätte sie nie versucht einen Mann zu töten, der nicht mehr und nicht weniger getan hat, als ihr das Leben zu retten", brüllt Schnabel.

Mit einer wilden Geste zeigt er auf Hans Lohm. „Nicht Franka ist schuld an diesem Schicksal, sondern Sie, Frau Lohm!"

Franka reißt die Augen auf.

„Das ist nicht wahr", entrüstet sich Margarete Lohm.

„Oh doch", erwidert Jensen. „Franka hätte nie versucht, Ihren Mann umzubringen, wenn sie gewusst hätte, dass sie ihm ihr Leben verdankt."

Margarete senkt betroffen den Kopf, sagt aber kein Wort.

„Ob Sie uns nun helfen wollen oder nicht, Frau Lohm. Wir finden Ihre Tochter! Mit unserer Hilfe wird sie dann endlich das Trauma verarbeiten können. Und wer weiß - vielleicht finden wir mit ihrer Hilfe auch den Mörder ihrer Zwillingsschwester."

Franka schreit entsetzt auf.

Mit offenem Mund hatte sie das Gespräch verfolgt. Unfähig, sich zu bewegen, hatte sie krampfhaft versucht, das Gehörte zu verstehen. Aber es gelang ihr nicht.

Wahrheiten reihen sich jetzt vor ihrem inneren Auge aneinander, verstellen sich, tauschen erneut die Plätze, und vervielfältigen sich schließlich ins Unermessliche. Verwirrt beobachtet sie das Durcheinander in ihrem Inneren. Die über sie hereinbrechenden

Wahrheiten bewegen sich dabei so schnell, dass sie ihren Sinn nicht mehr erfasst.

Vollkommen erschöpft schließt sie die Augen und greift sich an die Schläfen. Sie bewegt sich taumelnd, übersieht die Hand, die helfend nach ihr greift, überhört die Worte, die sie eindringlich zur Flucht bewegen wollen, sieht den Wagen nicht, der in rasantem Tempo heran geschossen kommt, und taumelt auf die Fahrbahn.

Franka spürt nur einen kurzen Schmerz, als sie erfasst wird. Sie sieht sich in hohem Bogen durch die Luft fliegen, bevor sie hart auf der Straße aufschlägt.

27. Kapitel

„Wo bin ich?" fragt Franka, als sie die Augen öffnet. Vollkommen verwirrt schaut sie sich um.

Die Blumenwiese um sie herum erstrahlt in gleißendem Licht. Sanft wiegen sich die Gräser und verströmen den Duft vitalen Lebens.

„Bin ich im Himmel?" fragt sie überrascht und sieht Johnny an, der neben ihr sitzt und genüsslich an einem Grashalm kaut.

Johnny holt tief Luft.

„Wenn du das Jenseits meinst, Liebes, dann muss ich verneinen." Besorgt schaut er ihr in die Augen. „Weißt du nicht mehr, was passiert ist?"

Franka sieht ihn mit großen Augen an.

„Nein, eigentlich nicht", erwidert sie. „Bin ich vielleicht mit dir gegangen?"

Johnny schüttelt traurig seinen Kopf.

Franka greift sich an die Stirn, um besser nachdenken zu können, doch sie kann sich nicht erinnern.

„Ich weiß es nicht ... Bitte erzähle es mir!"

Johnny langt nach ihrem Gesicht und hält es fest. In seinen Augen liegen unendlich viel Zärtlichkeit und Sorge.

„Du wolltest dich von deiner Mutter verabschieden, weißt du noch?"

Franka nickt stumm.

„Wir mussten uns verstecken, weil die beiden Kriminalbeamten mit deinen Eltern sprachen. Sie unterhielten sich über furchtbare Dinge."

„Die ich nicht verstanden habe", sagt Franka angstvoll. Sie schüttelt ungläubig mit dem Kopf. „Sie redeten über Mord ..., redeten über den Tod meiner Zwillingsschwester. Ich wollte über die Straße gehen, wollte endlich die ganze Wahrheit erfahren!"

„Und dann hat dich ein Auto angefahren."

Franka sieht sich erneut um.

„Und? Bin ich jetzt tot?"

„Nein, mein Liebes", erwidert Johnny weich. „Du liegst seit drei Wochen im Koma. Maschinen helfen dir dabei, am Leben zu bleiben. Und du selbst, du krallst dich am Leben fest, als wäre es doch nicht schon längst Zeit für dich."

„Ich habe mich noch immer nicht von meiner Mutter verabschieden können!"

„Und das heißt?"

„Dass ich gesund werden muss!"

„Aber um welchen Preis denn, um Himmels Willen?" fragt Johnny. „Sie werden dich für den Rest deines Lebens wegsperren. Oder denkst du, sie lassen eine Fünffachmörderin einfach laufen?"

„Fünffachmörderin?" erwidert Franka entsetzt. „Bist du verrückt? Ich habe doch die armen Anderen gar nicht umgebracht! Aus welchem Grund sollte ich das getan haben?"

„Und welchen Grund gab es bei mir? " fragt Johnny aufgebracht. „Warum hast du mich getötet?"

„Ich habe in dir meinen Vater gesehen", antwortet Franka mit kläglicher Stimme. „Es tut mir ja heute auch unendlich leid, Johnny, bitte glaube es mir!"

„Ja, ja, schon gut", sagt Johnny und seine Stimme versagt.

In seinem Kopf dröhnen immer wieder die gleichen Worte: Wir müssen die bekämpfen, die anderen Menschen Gewalt zufügen! Potentielle Mörder sind mit gleichem Urteil zu richten!

„Oh Gott, oh großer Gott", jammert Johnny. „Was habe ich nur getan? Ich kam zurück um eine vermeintliche Serienmörderin zu richten. Und nun?"

„Du wolltest mich töten?" fragt Franka bitter. „Dann waren also alle Gefühle nur Theater gewesen zwischen uns?"

Johnny schüttelt den Kopf.

„Ich glaubte, dich töten zu können, ja", sagt Johnny und seine Stimme kippt über. „Doch meine Liebe ist kein Theater, nein!"

Tränen laufen über seine Wangen und er versucht zu lächeln.

„Ich wäre gern für alle Ewigkeit mit dir zusammen geblieben. Aber nun bleibt mir wohl nichts weiter übrig, als die nächsten fünfzig Jahre auf dich zu warten."

Franka holt tief Luft. „Du willst mich nun am Leben lassen?"

Johnny nickt.

„Aber warum?"

„Weil ich glaube, dass du für den Mord an mir nicht verantwortlich gemacht werden kannst."

„Danke, Johnny", sagt Franka gerührt. „Du bist wirklich der feinste Mensch, den ich je getroffen habe."

28. Kapitel

Kommissar Jensen sitzt an seinem Schreibtisch und durchforstet die Akten, die ihm eben durch einen Kurier aus Frankfurt überbracht worden sind.

„Wollen Sie heute keinen Feierabend machen?" fragt Schnabel, als er seine Windjacke aus dem Schrank holt.

Jensen schüttelt den Kopf und schlägt den Aktendeckel zu. „Ich muss noch einige Unterlagen durchgehen", erwidert er knapp.

Schnabel zuckt mit den Schultern.

„Ihre Sache, Herr Kollege! Ich gehe jedenfalls nach Hause. Bis morgen dann!"

„Hm, bis morgen", murmelt Jensen, ohne aufzusehen.

Als Schnabel die Tür hinter sich geschlossen hat, öffnet er die Akte wieder. Vor ihm liegt das Foto jenes Mannes, der vor fünfzehn Jahren in Frankfurt zwölf Obdachlose getötet hatte. Zwölf Menschen in zwölf Monaten!

Herbert Hey, geboren 1950, 1,70 groß. Der Mann wurde damals als „nicht schuldfähig" auf unbestimmte Zeit in eine geschlossene Anstalt eingewiesen.

Jensen schüttelt den Kopf, als er die Seiten überfliegt: Anklageschriften, Zeugenaussagen, Gutachten, jede Menge Gutachten.

Die Rechtfertigung dieses Mannes liest sich wie ein Witz: „Aber ich weiß gar nicht, was Sie mir vorwerfen! Dass ich meine Arbeitsaufgabe erfüllen wollte? Gehörte es denn nicht zu meinen Pflichten, die Straßen und Plätze von jeglichem Unrat zu befreien, und einer neuerlichen Verschmutzung entgegen zu wirken?"

„Das ist einfach unglaublich", sagt Jensen in die Stille hinein. „So ein Mensch verdient es selbst, dass man ihn tötet."

Er greift nach dem Telefon und ruft in besagter Nervenheilanstalt an. Die nette Frauenstimme am anderen Ende der Leitung lässt schon sehr bald Fachkompetenz vermuten.

„Richtig, Herr Kommissar", sagt sie freundlich. „Ich bin die leitende Ärztin dieser Einrichtung."

„Dann können Sie mir bestimmt weiter helfen", sagt Jensen und gibt sich Mühe, besonders charmant zu klingen. In kurzen Sätzen erläutert er ihr den Sachverhalt und teilt seine Schlussfolgerung mit: „Meiner Meinung nach reist in unserem Fall jemand auf der gleichen Schiene wie Herbert Hey."

„Das ist gut möglich", erwidert die Ärztin nachdenklich. „Aber wie kann ich Ihnen dabei helfen?"

„Ganz einfach", erwidert Jensen. „Ich würde mich gern einmal mit Ihrem Patienten unterhalten. Vielleicht bringt uns das bei den Ermittlungsarbeiten ein Stück voran."

„Nur leider ist Herr Hey nicht mehr Patient bei uns", antwortet die nette Frauenstimme mit bedauerndem Unterton. „Herr Hey wurde vor einem halben Jahr als geheilt entlassen."

„Was?" schreit Jensen aufgebracht in den Hörer. „Entlassen haben Sie ihn? Soll das ein Scherz sein? Dieser Mensch hat nicht weniger als zwölf Menschen auf dem Gewissen! Wäre er schuldfähig gewesen, dann würde er bis zu seinem Lebensende im Gefängnis brummen!"

„Das ist richtig", sagt die Stimme am anderen Ende, nun aber schon nicht mehr so nett. „Lebenslänglich für Schuldfähige, Herr Kommissar! Nicht jedoch für Kranke!"

„Kranke? Ha, dass ich nicht lache!"

Wütend knallt er den Hörer auf und vergräbt sein Gesicht in den Händen. Er muss nachdenken, und das kann er nur, wenn es dunkel ist.

Der selbsternannte Saubermann von vor fünfzehn Jahren ist also wieder auf freiem Fuß. Was für ein Zufall!

Instinktiv greift er erneut zum Telefonhörer und wählt eine Nummer.

„Hallo? Spreche ich mit der Stadtreinigung?"

29. Kapitel

Das Krankenzimmer auf der Intensivstation wirkt auf Schnabel erschreckend lebendig. Lebendiger jedenfalls als das Mädchen, das schlafend vor ihm liegt.

Schlafend? Nein, sie schläft nicht! Schlafen bedeutet Leben. Dieses Mädchen jedoch ist mehr tot als lebendig.

Alle lebensnotwendigen Funktionen haben Maschinen und Apparate übernommen. Fiepend und keuchend halten sie sie mit Gewalt am Leben.

Schnabel betrachtet das Mädchen wie etwas, wovor man sich ekeln muss, obwohl er nicht viel von ihr sieht.

Schürfwunden bedecken eine Seite des Gesichtes sowie die Hände, alles andere entzieht sich seinem Blickfeld.

Schnabel findet nicht hässlich, was er sieht. Vielmehr verabscheut er die Vorstellung, auf ungewisse Zeit diesem leblosen Körper auf Wohl und Verderb ausgeliefert zu sein.

Hasserfüllt starren seine Augen auf das Bett. Sie starren, bis sich das Bett scheinbar in Nichts auflöst. Stimmen hallen in seinem Inneren wieder.

„Ich habe ihn getötet ... Es waren seine Augen ..."

Die Äußerungen von Franka Lohm bezogen sich immer nur auf eine Person: Johann Seliger. Und so sehr er sich selbst auch bemüht hatte, seinem großkotzigen Kollegen ein mögliches Motiv für die anderen Morde zu liefern: Er fand er keins.

Trotzdem hatte er hartnäckig an der Schuld des Mädchens festgehalten. So lange, bis Kriminalrat Krüger, der sich vor der Presse mittlerweile in einer Art Erklärungsnotstand befand, die haltlose Mutmaßung öffentlich als polizeilichen Ermittlungserfolg geadelt hatte.

Und nun ist es offiziell!

„Der Kleinarbeit unseres Hauptkommissars Schnabel ist es zu verdanken, dass die grässlichen Obdachlosenmorde nun endlich aufgeklärt werden konnten", tönte die Presse.

Welche Genugtuung! Er war der Held, Jensen der Verlierer!

Einen bitteren Beigeschmack hatte die Sache dennoch. Was geschieht, wenn Franka eines Tages aus dem Koma erwacht? Was, wenn sich herausstellt, dass sie doch nur Seliger getötet hat? Wäre er dann nicht endgültig zerstört?

Am liebsten würde Schnabel schreien vor Wut, Verzweiflung und Hilflosigkeit. Warum ließ man dieses Wrack nicht einfach sterben? Genau genommen ist sie doch schon tot!

Wie makaber! Seine Zukunft hängt verkabelt an Maschinen. Und wenn er diese Maschinen abschaltet? Einfach so?

30. Kapitel

„Mein Gott, wie schön du bist, meine Kleine. Es bricht mir das Herz, dass du nie wieder aufwachen wirst! Was sagst du da? Du bist dir nicht ganz sicher? Doch, doch, meine Kleine, ich garantiere es dir! Sieh her! Ich schalte die Maschinen ab: Nummer eins, Nummer zwei … Und was ist das hier für ein Ding? Ach so, nur ein Radio …" Behutsam setzt sich Margarete Lohm auf den Rand des Bettes.

„Weißt du, es ist gar nicht so schwer, sein eigenes Kind zu töten, wenn es seinem Wohle dient … Du bist eine Irre, mein Mädchen! Und auch, wenn du jetzt gern explodieren würdest, es stimmt leider. Ich habe das schon immer gewusst, seit dem Tag, an dem deine Schwester starb. Sie schüttelt den Kopf.

„Mein Liebling, mein armer Liebling. Was musstest du alles erleiden durch diesen Mann! Er ist ohne Frage an allem Schuld. Brutal und rücksichtslos vergewaltigte er mich, als ich sechzehn und selbst noch ein Kind war. Sein Gesicht hat sich für immer in mein Hirn eingeprägt. Nein! Das habe ich den Bullen natürlich nicht erzählt! Ich verschwieg es genauso wie meinen genialen Schachzug, ihm den Ausweis zu stehlen, während er ekstatisch auf mir herumhoppelte. Was hätte es mir denn gebracht, wenn man ihn für ein paar Jahre eingesperrt hätte? Nichts!" Wieder schüttelt sie ihren Kopf.

„Jede noch so hohe Strafe wäre zu milde gewesen für das Schwein. Ich wollte ihn erst demütigen, wie er mich gedemütigt, quälen, wie er mich gequält hat ... und ihn dann töten!

Später zog ich los, um ihn zu besuchen. Ich konnte ja nicht ahnen, dass seine Frau sich zwischenzeitlich von ihm hatte scheiden lassen. Die arme Frau wusste nicht einmal, wo er sich versteckt hielt, um sich seiner Unterhaltspflicht zu entziehen. Und ich saß da mit einem dicken Bauch!

Aber ich liebte euch. Ich liebte euch von dem Tag an, als ihr das Licht der Welt erblicktet. Ihr wart so wonnig und süß mit euren Pausbäckchen und den dunkelbraunen Augen.

Dennoch war ich einsam, mein Kind, sehr einsam. Ich sehnte mich nach einer starken Persönlichkeit an meiner Seite, nach einem Mann, der mich in Zukunft beschützen würde. Aber wer wollte eine Frau mit zwei Kindern haben?

Und dafür hasste ich euch ebenso sehr wie ich euch liebte!

Der Vergewaltiger hatte mir meine Mädchenträume zerstört, mein ganzes Leben. Und ihr Beiden hindertet mich daran, die Scherben meines Daseins zu kitten.

Ja, ich wollte euch töten! Und weil ich wusste, dass das Haus in der Martinstraße am andern Morgen gesprengt werden sollte, steckte ich euch dort in ein Loch und schlug mit einer Gartenschaufel so lange auf euch ein, bis ihr keinen Mucks mehr von euch gabt ...

Alles schien so perfekt, man hätte euch nie wieder gefunden! Doch Hans suchte zu eifrig nach euch, zu gründlich ... Er liebte dich vom ersten Tage an, und du wolltest ihn töten ... Kind, Kind, Kind!"

Margarete holt tief Luft.

„Vielleicht habe ich wirklich alles falsch gemacht! Heute weiß ich, dass mich Hans auch mit euch Beiden geheiratet hätte. Unser Leben wäre ganz anders verlaufen, und du würdest jetzt nicht so hilflos vor mir liegen. Und weißt du, was mich tief bestürzt hat? Dass du vielleicht gar nicht Franka, sondern Annette bist.

Ist es nicht furchtbar, zu erfahren, dass man zwanzig Jahre mit der Identität seines toten Zwillings gelebt hat? Es tut mir so leid, mein geliebtes Kind, so unendlich leid!

Aber Kurt Ilgner hatte den Tod verdient! Ich entdeckte ihn eines Tages ganz zufällig in unserer

Stadt. Er war inzwischen zu einem dieser ewig saufenden Taugenichtse geworden. Endlich konnte ich mich rächen.

Dass man dich nun für seine Mörderin hält, und für die Mörderin der anderen, über die auch ich nichts weiß, konnte ich leider nicht verhindern. Ich muss an die Zukunft deines Vaters denken, der durch deine Schuld im Rollstuhl sitzt. Was soll er ohne mich anfangen? Wie soll er ohne mich weiterleben? Er braucht mich doch!"

Erst jetzt bemerkt Margarete Lohm, dass Franka nach dem Abschalten der Maschinen selbständig zu leben begonnen hat.

Sie erschrickt: „Aber ich habe doch alle Maschinen ..."

Fassungslos lässt sie sich auf den Stuhl fallen, verbirgt ihr Gesicht im Kissen ihrer Tochter und weint hemmungslos.

Franka hört ihre Mutter.

Nach dem Abschalten der Maschinen war sie in ihren Körper zurückgekehrt und hatte seitdem jedes Wort verstanden.

All das, was ihre Mutter erzählte, hatte sie unendlich traurig und betroffen gemacht. Ihr kurzes Leben eine einzige Lüge? Und damit soll sie weiterleben? Nein!

„Johnny, wo bist du? Johnny!"

Margarete Lohm schreckt hoch. Ein langanhaltender Piep-Ton stört sie auf. „Franka", ruft sie verzweifelt, hält aber jäh inne. Sie spürt eine schwere Last von sich abfallen und erhebt sich totenbleich von ihrem Stuhl.

Plötzlich schrickt sie wiederum zusammen. Ihr ganzer Körper bebt vor Angst, als sie vor sich, fast durchsichtig, ihre eben verstorbene Tochter erkennt. Abwehrend hebt sie den Arm und fällt auf den Stuhl zurück.

Und Franka, die die Angst in den Augen der geliebten Mutter sieht, lächelt gütig und bettet schließlich ihren Kopf im Schoß der Frau.

„Mom", sagt sie, und ihre Stimme klingt weich und leicht in Margarete Lohms Ohren. Sie spürt den Kopf ihres Kindes auf ihrem Schoß und streichelt zärtlich darüber hinweg.

31. Kapitel

Hauptkommissar Schnabel findet Margarete Lohm mit einem entrückten Lächeln auf den Lippen im Krankenzimmer vor.

Sofort überschaut er die Situation und fühlt, wie ein schwerer Stein von seiner Seele purzelt.

„Eine wunderbare Frau", denkt er bei sich. Das beherzte Handeln dieser liebenden Mutter wird jeden Richter milde stimmen. Gleichzeitig entschärft es die tickende Zeitbombe unter seinem Hintern.

„Frau Lohm", sagt er mitfühlend. „Begleiten Sie mich bitte!"

Margarete sieht ihn ängstlich an. Doch der Kriminalbeamte lächelt ihr gütig ins Gesicht. Verständnisvoll legt er seinen Arm um ihre Schultern und führt sie aus dem Zimmer.

„Sie haben es für Ihre Tochter getan, nicht wahr?"

Margarete schaut dankbar auf und nickt stumm.

„Eine liebende Mutter, und vielleicht gerade eine Mutter, die viel falsch gemacht hat, fühlt sich verpflichtet, das Leiden ihres Kindes zu beenden. Das wird jeder Richter ganz genau so sehen."

32. Kapitel

„Johnny, ich liebe dich, Johnny!" Franka wirft sich dem jungen Mann an den Hals und bedeckt sein tränennasses Gesicht mit tausend Küssen. Zärtlich schaut sie ihm in die Augen.

„Hast du wirklich geglaubt, dass ich ein Leben ohne dich führen möchte? Was wäre das denn? Ein irdisches Dasein ohne Freude, ohne Liebe. Ich brauche dich, Johnny!"

Am schmiedeeisernen Tor zum Jenseits wird einem eng umschlungenen Paar geöffnet. Glückselig gehen Franka und Johnny dem gleißenden Licht entgegen, das sie liebevoll einhüllt, um sie schließlich vollständig in sich aufzunehmen.

Von nun an sind Franka und Johnny für immer ein Teil des Lichts, das den Menschen, Tieren und Pflanzen den Tag erhellt.

Sie sind Sterne am Himmel, die den Liebenden des Nachts den Weg in ihre Betten weisen.

33. Kapitel

Margarete und Hans Lohm sitzen schweigend am Tisch und essen zu Abend. Sie haben den Fernseher eingeschaltet, wo in wenigen Augenblicken die Nachrichten beginnen werden.

„Ich begrüße Sie herzlich zur „Heute"-Sendung. Guten Tag, meine Damen und Herren", sagt die Sprecherin und informiert über die Themen.

Margarete und Hans hören nur mit einem Ohr hin. Nicht alles, was die Nachrichten bringen, ist auch wirklich interessant. Doch plötzlich horchen sie auf.

„... wurde am frühen Nachmittag Herbert Hey, ein Angestellter der Stadtreinigung wegen Verdachts auf vorsätzlichen, kaltblütigen Mord an mindestens drei Wohnungslosen verhaftet. Eine Anwohnerin dazu: ..." Die Kamera schwenkt auf eine vollschlanke Frau mit wasserstoffblonden Haaren und pinkfarbenem Outfit.

„Der Mann war mir von Anfang an nicht geheuer. Er hatte so etwas Brutales an sich. Oh Gott! Wenn ich daran denke, dass er mich erst kürzlich angesprochen hat ..." Man sieht kurz den unglaublichen Schrecken in ihren Augen und der Reporter vor Ort berichtet:

„Inzwischen hat Herbert Hey seine Taten gestanden. Er wird bereits morgen dem Haftrichter vorgeführt werden. Und nun noch eine Meldung am Rande: Wie uns soeben mitgeteilt wurde, ist die Leiche des zuletzt Ermordeten in den Kühlfächern der Gerichtsmedizin wieder aufgetaucht. Eine Aushilfskraft hatte sie höchstwahrscheinlich nur verlegt ...“

Die Türklingel schellt ungeduldig. Margarete wirft Hans einen fragenden Blick zu und geht zur Tür.

Kommissar Jensen hält ihr einen Haftbefehl unter die Nase.

„Frau Margarete Lohm, ich verhafte Sie wegen Mordes in mindestens drei Fällen.“

Ungläubig schaut Margarete auf.

„Im Krankenzimmer Ihrer Tochter befand sich ein Tonbandgerät, das jedes Ihrer Worte aufgezeichnet hat. Sie haben das Recht, die Aussage zu verweigern ...“

- Ende –